KB031766

낀대리 낌대리
그대로 견디리

낀대리 김대리 그대로 견디리

초판 1쇄 발행 2022년 11월 28일

지은이 김제호
펴낸이 강수걸
기획실장 이수현
편집장 권경옥
편집 이소영 신지은 오해은 김소현 이선화 강나래
디자인 권문경 조은비
펴낸곳 산지니
등록 2005년 2월 7일 제333-3370000251002005000001호
주소 부산시 해운대구 수영강변대로 140 BCC 613호
전화 051-504-7070 | 팩스 051-507-7543
홈페이지 www.sanzinibook.com
전자우편 sanzini@sanzinibook.com
블로그 sanzinibook.tistory.com

ISBN 979-11-6861-110-8 03810

* 책값은 뒤표지에 있습니다.
* 잘못된 책은 구입하신 곳에서 교환해드립니다.

✦ 회사에서 끼어있다고 인생도 끼어있을쏘냐! ✦

낀대리 김대리 그대로 견디리

김제호 지음

산지니

prologue

“낀대리님 커피 한잔하죠.”

가만히 살펴보면 우리는 언제 어디서나 늘 끼어있다. 집에서 삼 형제 중 둘째라면 첫째와 셋째 사이에 끼어있고, 학교에서 2학년이라면 1학년과 3학년 사이에 끼어있으며, 결혼해서 가정을 이뤘다면 부모님과 자녀 사이에, 혹은 배우자와 자녀 사이에 끼어있다. 그렇다면 회사생활에서는 언제 끼어있을까?

나는 대리가 되면 회사생활에서 끼어있는 것이라고 생각한다. 사원 때는 아직 뭘 모르기도 하고 사원이라 잘 몰라서 그랬다는 면죄부가 있기에 일만 열심히 배우면 된다. 과장 때는 후배들을 챙겨야 하는 부담감이 있긴 하지만, 일에는 어느 정도 노하우가 쌓였기 때문에 수월한 감이 있다. 하지만 대리는 스스로 생각하기에 아직 과장만큼 능숙하지 않고 사원 때와 크게 다를 바도 없지만, 이제는 사원이라는 핑계도 사라졌고, 회사 내에서는 여러 가지를 기대하는 시선으로 자신을 바라본다. 후배들에게는 본보기가 되고 선배들이 보기에는 부족함이 없도록 열심히 일해야 하며 이제 막 들어온 사원들도 어느 정도 가르치고 챙겨야 한다. 그야말로 제대로 끼어있다.

나도 회사생활 4년 차부터 9년 차까지 5년간 대리로 있으면서 그 끼인 맛을 제대로 봤다. 아마 이런 경험은 비단 나만 하는 것이 아니라 대리라면 혹은 대리를 거친 사람이라면, 누구나 다 비슷하게 하는 중이거나 했을 것이다. 그리고 생각보다 그 끼인 맛이 아주 매울 때도 있지만 때로는 의외로 달콤하기도 하고 때로는 눈물이 날 정도로 짠 것도 잘 알고 있을 것이다.

우리는 하루 8시간을 회사에서 보내지만, 그 8시간 내내 일만 하고 보낼 수는 없다. 잠시 숨을 돌리거나 생각을 정리하거나 스트레스를 풀기도 해야 다시 힘을 내서 일할 수 있다. 그래서 우리는 업무 중에 종종 "커피 한잔하죠.", "티타임할까요?"라며 잠깐의 여유 시간을 만들어 쉬거나 수다를 떨며 재충전을 한다. 만약 이러한 여유가 없다면, 금세 지쳐서 나가떨어져 버릴지도 모른다. 그만큼 바쁜 와중의 여유가 중요하다.

이제부터 할 이야기들은 내가 아무것도 모르던 사원 시절에 겪고, 대리로 끼어있으면서 맛보았던 다양한 경험에 관한 것이다. 힘들었던 일부터 재밌었던 일까지 다양한 일이 있었다. 독자들이 보기에 공감되는 이야기도 있을 것이고 이해가 안 되는 이야기, 생소한 이야기도 있을 것이다. 그래서 나는 이 이야기를 듣는 사람이 어떻게 받아들일지 감이 잘 오지 않는다. 하지만 티타임이 회사생활에서 약간의 여유를 만들어내듯, 이 이야기들이 힘든 회사생활 속에도 잘 견디고 있는 독자들의 마음에 조금이나마 티타임 같은 존재가 되길 바라본다.

✦ 차례 ✦

18:00 p.m.
낀대리의 퇴근시간

미생으로 출근해서 완생으로 퇴근합니다

9:00 a.m. 낀대리의 출근시간

출근이 아니라
퇴근 8시간 전입니다

어제 한 그대로 해봐
네...
그래 거기까지는 맞고
(틀리러 가는 중)
아니, 왜 그걸 눌러?
대체 뭐 배웠냐!!!
아무것도...

"실례지만 제가 이렇게 많은 돈을 받아도 될까요?"

내가 회사에 '실례지만 제가 이렇게 많은 돈을 받아도 될까요?'라고 묻는다면 회사는 뭐라고 대답할까?

2012년 겨울, 취업 성공의 기쁨도 잠시, 금세 입사 전 오리엔테이션 날이 다가왔다. 오리엔테이션 장소는 서울의 한 영화관이었다. 워낙 사람이 많다 보니 회사 대강당으로도 다 수용할 수 없어 삼성동의 영화관에서 가장 큰 관을 확보한 것이다. 이 큰 상영관에 사람을 잔뜩 밀어 넣고 수련회나 엠티처럼 레크레이션부터 진행되었다. 가장 멀리서 온 사람, 가장 나이 많은 사람에게 손 들어보라고 하는 등, 여러 게임을 통해 선물 나눠 주는 시간을 가졌다. 그 뒤에 본격 오리엔테이션이 시작되었다. 먼저 인사팀 사람이 앞으로의 일정을 설명해주었다.

"여러분이 공식적으로 입사하시는 날은 2월 23일입니다. 그 전에 직무 교육을 5주간 받으셔야 해서 1월 7일에 교육장으로 오시면 됩니다."

그저 앞으로 언제 어떻게 출근하면 되는지나 듣고 싶었던 나는, 무려 5주 먼저 나와서 교육에 참여해야 한다는 예상외의 설명에 잠시 당황했다.

"다시 정확히 일정을 말씀드리면, 5주 교육은 사전연수 기간으로 회사와 계약된 날은 아니고, 입사하시는 날인 2월 23일부터 계약된 것으로 간주합니다. 입사 날부터 2주간 1차 연수 그 뒤에 1주간 2차 연수, 총 3주간의 연수 기간이 있습니다."

요약하면, 5주간 사전교육, 입사 후 3주간 신입사원 연수라는 얘기였다. 나는 첫 월급은 대체 언제 받을 수 있는지 궁금해졌다. 그러자 내 마음을 읽기라도 한 듯, 담당자가 말을 이었다.

"자, 여러분 지금 말은 못 하고 있지만, 월급 언제 나오나 생각하고 있죠?"

자리 곳곳에서 속마음을 들킨 사람들의 웃음이 터져 나왔다.

"계약서에 서명은 입사 후에 하게 될 거고요, 계약서에 명시된 날짜인 입사일을 기준으로 월급이 지급됩니다."

앞선 5주간의 교육은 말 그대로 '교육'이기에 입사한 것으로 치지 않고 실제 입사일인 2월 23일부터 계산해서 월급을 주겠다는 얘기였다. 여기까지 얘기를 들었을 때는 입사일 이전의 사전교육이라는 명목으로 월급을 조금이라도 덜 주려는 듯이 보였다.

"하지만 앞선 사전교육 기간인 5주간에도 월급에 준하는 교육비를 지급해드립니다."

그러나 회사에서는 앞선 교육기간에도 교육비라는 명목으로 일정 금액을 지급할 것을 약속했다. 이 얘기 전까지는 회사를 잘못 들어왔나 의심했으나, 이제는 이곳이 바로 내 평생직장이 될 수도 있겠다는 생각이 들었다.

5주 연수는 정말 눈 깜짝할 사이에 지나갔다. 업무를 위해 코딩을 배우고, 기본적인 SQL을 배웠다. 이렇게 공부했으면 의사도 됐겠다 싶을 정도로 열심히 했다. 심지어 주말에도 동기들끼리 따로 모여서 자발적으로 스터디를 할 정도로 열심이었다. 물론 다 큰 성인들이니 공부 끝나고 같이 술 한잔하며 우정을 다지고 맛집도 찾아다니며 재밌게 보내기도 했다. 이렇게 충실하게 시간을 보내다 보니, 어느새 금방 5주가 지났다.

다음은 2주간의 1차 연수 차례였다. 입사 날인 2월 23일에 서울의 한 지하철역에 모여 버스를 타고 연수장으로 이동했다. 여기서는 2주간 합숙했다. 합숙 동안에는 사전교육처럼 직무에 관한 교육을 듣지는 않았다. 대신에 유명 강사분들을 초청해서 다채로운 강의도 듣고, 암벽타기나 흔들다리 건너기 등 몸을 쓰는 프로그램을 이수했다. 회사에서 내주는 여러 과제도 수행하고 연극 공연이나 경영게임 같은 팀별 단합 활동도 하며 바쁜 나날을 보냈다. 웃고 떠들며 바쁘게 지내다 보니 어느덧 눈 깜짝할 새에 2주가 지났다. 연수 동안 바빴던 것에 대한 보상으로 회사에서는 2일간의 휴가를 주었다. 이틀 푹 쉬고 본사에 모여 1주간 회사생활 전반에 대한 교육을 들었다. 결국 사전교육

5주, 합숙 2주, 본사교육 1주, 다해서 무려 8주나 일은커녕 교육만 듣고 공부하고 과제를 하며 보냈다. 사실 거의 동기들과 놀면서 보낸 셈이다.

대망의 본사교육 마지막 날, 그러니까 실제 부서로 출근하기 전날, 드디어 연봉 계약서에 서명했다. 계약서에는 불과 두 달 전까지 학생 신분이던 내가 꿈에도 만져볼 수 없었던 금액이 적혀 있었다.

'와…. 이렇게 많이 준다고? 별로 뭐 한 것도 없는데.'

내 머릿속에는 두툼한 현금 봉투가 떠올랐다. 표정 관리가 잘 되지 않았다. 옆에서 누군가 나를 봤다면 대체 지금 무슨 생각을 하냐고 물어봤을 것이다. 어쨌든, 그때가 바로 이 회사가 내 평생직장 후보에서 신의 직장으로 바뀐 순간이었다.

하지만 회사는 손해 보는 장사는 절대 하지 않는다는 것을 깨닫기까지는 그리 오래 걸리지 않았다.

여기까지가 회사에 합격하고 실제 부서로 투입되기까지의 간략한 이야기이다. 이 책을 읽는 사람이 직장인이라면, 앞에서 내가 교육을 들을 때, 교육비를 받을 때, 계약서에 서명할 때마다 기뻐하는 것을 보며 쓴웃음을 지었을 수도 있다. 회사가 개인이 느끼기에 큰돈을 준다면, 사실 그 돈은 그 사람이 하게 될 일에 비하면 큰 게 아닐 확률이 99%임을 알기 때문이다. 회사는 절대로 손해 보는 장사는 하지 않는다. 실제로 회사를 향한 충성심으로 무장한 신입사원이었던 나는 불과 세 달도 채 되지 않아서 다른 회사의 채용사이트를 들락날락하게 된다. 내가 받는 돈이 껌값으로 느껴질 만큼 지옥도가 펼쳐졌기 때문이다.

자 이제, 처음의 질문을 다시 보자.

회사에 '실례지만 제가 이렇게 많은 돈을 받아도 될까요?'라고 묻는다면 회사는 뭐라고 대답할까? 아마 회사는 이렇게 대답할 것이다.

'네, 앞으로 하실 고생에 비하면 많은 게 아닙니다.'

"망했다."
이게 내 결론이다

2014년 SF 장르의 베스트셀러가 될 책이 한 권 출간되었다. 인기가 많아 영화화까지 된 책이다. 그 책이나 영화를 봤다면, 이 장의 제목을 보자마자 그것들이 떠올랐을 것이다. 바로 이제는 SF계의 거장이 된 앤디 위어의 2011년 작 『마션』이다. 마션의 첫 문장은 이렇다.

"아무래도 X 됐다. 그것이 내가 심사숙고 끝에 내린 결론이다. 나는 X 됐다."

인류가 살 수 없는 불모지 화성에 남겨진 심정을 아주 적나라하게 표현한 문장이다. 마션의 주인공 마크 위트니가 화성에서의 막막함을 저렇게 표현했다면, 나는 부서에 처음 갔을 때의 막막함을 "아무래도 망했다. 아니 나는 그냥 망했다." 정도로 표현할 수 있겠다. 그 정도로 부서에 처음 갔을 때의 분위기는 심상치 않았다.

2013년, 3월의 어느 날 드디어 부서로 첫 출근을 했다. 회사는 그 당시 한 건물에 모여 있지 못하고, 여러 지역, 여러 건물에 퍼져 있었다. 나는 그중에 내 부서가 입주해 있는 강남의 한 건물로 갔다. 출근해서 1층 로비에서 기다리면 된다는 설명 외에는 아무것도 듣지 못한 상태였다. 두려움 반 설렘 반으로 로비에 들어서니 딱 봐도 나처럼 신입사원인 사람들이 벽을 등지고 긴장한 얼굴로 죽 늘어서 있었다. 나도 눈치껏 그 줄에 합류해서 제일 끝에 섰다. 8시가 다가오자 출입 게이트를 통과해서 나온 사람들이 하나둘 자기네 부서 신입사원을 찾았다.

"보안 컨설팅팀 신입 있나요? 한 명 있다던데."

"저, 접니다!!!"

긴장해서 말을 더듬었지만, 신입사원다운 열정으로 크게 목소리를 내는 사람도 있었다. 반면에 너무 긴장해서 대답조차 제대로 못 한 채 땅만 보며 따라 들어가는 사람도 있었다. 8시를 조금 넘겨서야 제일 마지막으로 나온 사람이 내가 갈 부서인 ERP(기업자원관리) 컨설팅팀 신입사원을 찾았다. 나를 포함한 6명은 그 뒤를 졸졸 쫓아서 게이트를 통과해 엘리베이터를 타고 위로 올라갔다.

한참을 올라가다 내려서 그 층의 출입문을 열고 들어가자 낯선 얼굴들의 시선이 우리에게 모이기는커녕 아무도 쳐다보지 않았다. 내가 기대한 첫 출근은 부서 사람들이 관심을 가지고 쳐다보고 뭐라고 말도 걸어 오고 호구조사도 좀 하는 그런 그림이었다. 하지만 그 환상은 이렇게 산산조각났다. 어쨌든 인솔자를 쫄래쫄래 따라가서 제일 나이 많아 보이는, 그리고 이 부서에서 꽤 높은 위치에 있어 보이는 사람에게 90도 인사를 했다. 인사 후 각자 빈자리에 앉았다. 각자에게 할당된 자리는 아니고 그냥 빈자리 중 몇 개를 골라 임시로 배정해준 자리였다. 그리고 방치가 시작되었다.

내가 기대한 신입사원으로서의 회사생활은 오리엔테이션을 하고 선배들 얼굴도 익히고 같이 밥도 먹으며 친해지고 조금씩 업무를 배우는 그런 화기애애한 분위기였다. 하지만 그런 것 따위는 없었고 계속 방치될 뿐이었다. 자리에는 업무와 관련 있어 보이지만 아무도 보지 않는 버려진 책이 몇 권 놓여 있었고, 책상 위는 텅 비어 있었다. 그런 곳에 방치되어 앉아만 있으니 재미도 없고, 시간은 죽어라 가지도 않았다. 시간이 많이 지난 지금이라면 당당하게 핸드폰으로 유튜브도 보고 게임도 하면서 적당히 시간을 죽였을 것이다. 하지만 그때는 신입사원, 선배가 옆에서 숨만 쉬어도 눈치가 보이는 바로 그 신입사원이었다. 아무것도 못 하고 앉아만 있으니 잠이 쏟아졌다. 몇 번이나 정신이 아득해질 뻔했다. 그래도 그냥 꾹 참고서 잠을 깨려고 최대한 '주변에 신기한 게 많네'라는 최면을 스스로 걸며 이곳저곳 두리번거리면서 살펴보았다.

"심심하면 옆에 책 봐도 돼요."

내가 두리번거리는 모습이 어지간히 심심해 보였는지 나이가 꽤 있어 보이는 선배가 말을 걸었다. 신입사원인 나는 숨을 쉬는 것도 허락받고 쉬어야 할 판인데, 저런 얘기를 해주었으니 어찌 됐든 살짝은 기뻤다. 한 3초 정도. 가만히 있는 것보다는 나을 테니 일단 최대한 업무와 관련 있어 보이는 (지금 생각하면 하나도 관련 없었다) 책을 하나 집어 들었다. 한 자, 한 자 천천히 읽어보았지만 '내가 외계인이 암호로 써놓은 책을 읽는 건가?' 싶을 정도로 이해할 수 없었다. 아무리 처음 보는 책이어도 '대충 이런 얘기를 하려는 건가?', '이 책은 뭐에 관해 쓴 책이구나' 정도는 알 줄 알았다. 하지만 업무 관련 지식이 하나도 없으니 석판에 쓰인 고대문자를 해독하는 기분이었다.

책을 읽고 나니 겨우 30분이 지나 이제 고작 10시였다. 그리고 퇴근까지 아직 7시간이 남아 있었다. 여전히 우리는 방치되고 있었다. 점심시간까지는 참아보자며 마음을 다스렸지만, 점심시간이 몇 시인지도 모르니 환장할 노릇이었다. 이 당시에는 흡연자였는데 담배도 피울 수 없었다. 피우러 가도 되는지도 모를뿐더러 흡연구역이 어딘지도 모르니 말이다. 지루해 죽을 것 같은데 담배까지 못 피우니 도 닦는 스님처럼 무념무상 마음을 비우며 이 시간이 지나길 기다렸다.

그렇게 영원 같은 시간이 지나고 11시 30분쯤, 아까 인솔해준 선배가 우리에게 다가왔다. 점심시간이니 밥 먹으러 가자고 했다. 그런데 선배와 우리 신입사원들만 먹는 것이 아니었다. 아까 인사드린 최고 권력자 같은 선배와 그 밑에서 보좌하는 듯한 몇몇 부장들도 같이 밥을 먹게 되었다. 덕분에 밥이 입으로 들어가는지 코로 들어가는지도 몰랐다. 그나마 다행(?)스럽게도 이 선배들은 우리에게 조금도 관심이 없었다. '돈은 우리가 낼 테니까 알아서 먹어라.' 하는 식이었다. 우리는 신입사원이니까 막내답게 테이블에 냅킨을 깔고 수저를 얹어드리고 국도 덜어드리려 했다. 하지만 알아서 먹을 테니 하지 말라는 얘기에 다시 뻘쭘하게 자리에 앉았다. 그렇게 어쩌다 합석한 남남처럼 밥을 먹었다. (물론 시간이 많이 지난 지금은 그게 우리 부서의 문화라는 것을 안다.)

어쨌든 밥을 먹고 나서 자리로 돌아갔다. 아무것도 하지 않고 쭈뼛쭈뼛 앉아 있는 신입사원들이 거슬렸는지, 선배들끼리 이야기를 나누더니 우리를 한 회의실로 다 몰아넣었다. 그러고는 오리엔테이션을 준비… 한 건 아니고, 오리엔테이션을 하긴 해야 할 테니 이제 준비할 예정이고, 준비가 다 되면 할 거라고 했다. 다시 말해 원래 부서 내에 정해진 오리엔테이션 과정 따위는 없고 일단 급조할 테니까 다 될 때까지는 내버려두겠다는 얘기였다. 그리고 이 방치는 무려 일주일 가까이 이어졌다.

그로부터 4일 동안 우리는 아침 일찍 8시 전에 출근해서 그 회의실에 옹기종기 모여서 아무것도 못 하고 서로 눈치만 보며 뻘쭘하게 앉아서 시간을 보냈다. 그리고 금요일이 되어서야 개인 노트북을 받았다. 그래 봐야 노트북을 켜고 뻘쭘하게 앉아 있을 뿐이었다. 지금이라면 당연히 노트북으로 웹서핑도 하고 스포츠 기사도 찾아보고 주식도 보고 쇼핑도 하고 난리였겠지만, 그 당시는 선배가 인상을 찌푸리면 숨이 넘어갈 것 같은 신입사원이었기에 감히 그럴 수는 없었다. 회사 홈페이지 외에 다른 곳은 들어가지도 못하고 홈페이지만 몇 시간을 탐방했다. 아마 그때의 나는 홈페이지 관리자보다 메뉴를 더 잘 알았을지도 모른다.

그렇게 일주일을 보내는 동안 퇴근 후 연수 동기들을 만나 부서 생활을 물어보니 그들은 내가 기대한 바로 그 회사생활을 하고 있었다. 신입사원으로서 관심과 사랑을 한껏 받는 것 말이다. 그 얘기를 들으며 일주일을 멍하게 보내니 첫 출근 때 두려움 반 기대 반이었던 내 심정은 이제 막막함 반 젠장 반이 되었고 '내가 아무래도 부서를 단단히 잘못 왔구나.' 하는 생각이 들었다.

"망했다."

나는 쟤네랑 절대
친해지지 못할 것 같아

'평생 친구는 보자마자 알아본다'라는 말을 어디선가 들어본 적이 있다. 회의실에 동기들과 함께 들어갔을 때를 돌이켜보면 저 말은 틀린 말이 아닐까 싶다.

나중에야 술자리에서 서로의 첫인상을 얘기하며 껄껄 웃었지만, 저 때는 정말이지 서로서로 낯설어하고 많이 경계했다. 나만 해도 동기들에게 정말 안 좋은 느낌을 많이 받았다. 동기들을 하나하나 보면서 떠올렸던 생각들을 곱씹어보면, '저 사람은 껌 좀 씹다 왔겠는걸', '저 사람은 뭐 어디서 애들 돈 좀 뜯다 왔을 것 같다', '저 사람은 너무 인상이 뺀질거려', '저 사람은 너무 위압적인데' 등 좋은 인상이 하나도 없었다. 내가 그랬듯이, 다들 비슷하게 느꼈는지 우리는 꽤 오래 교류가 없었다.

그러다가 껌 좀 씹었을 것 같은 동기가 담배를 피우러 나갔고, 나도 다급하게 따라 나갔다. 어디서 돈 좀 뜯다 왔을 것 같은 동기도 같이 나갔다. 우리 세 명은 복도를 통과해서 엘리베이터를 타고 내려가는 동안 너무나도 어색했다. 겨우 흡연 장소에 도착해서 담배를 입에 물고 피우는 와중에도 서로서로 매우 낯설어했다.

고맙게도 처음 담배를 피우러 나가려 했던 동기가 먼저 말을 꺼내주었다. 얘기를 들어보니 인턴으로 이미 이곳에 와본 적이 있어서 다른 신입사원에 비해 나름대로 여유가 있었던 것이다. 나와 다른 동기에게 계속 이것저것 물어보고 얘기도 해주었다. 하지만 이 어색한 분위기에 적응하지 못한 나는 계속 단답식으로 대답해서 대화를 끊어버리기 일쑤였다. 그리고 다시 자리에 돌아와서 나는 자괴감에 빠져 혼자 몰래 괴로워했다.

'아, 여기서 인턴 생활을 해본 사람들이 있구나, 그럼 그 사람들은 익숙하겠네. 어쩐지 여유가 넘치더라. 휴 나는 분위기 적응도 잘 안 되는데 어떡하지. 학교랑 다르게 매년 반이 달라지는 것도 아니고 싫은 사람을 피해 갈 수도 없으니 처음에 내 이미지를 좀 잘 만들고 좋게 지내야 할 텐데, 도저히 못 하겠다. 여기 있는 사람들하고는 딱 봐도 너무 안 맞아.'

회의실에서 일주일을 보내면서 동기들하고 밥도 먹고 담배도 피우러 나가는 등 계속 같이 생활했다. 하지만 나는 여전히 이 사람들이 너무 많이 불편했다. 그러던 어느 날 몇몇 그룹장* 들이 순서대로 회의실에 들어왔다. 신입사원들을 보고 이제 팀

* 우리 회사 내에서 부서의 작은 단위는 '그룹'이고, 그 그룹의 장을 '그룹장'이라고 부른다.

내 어떤 그룹으로 보낼지 결정하기 위해서였다. 그들은 '개발에 자신이 있는 사람?', '원하는 직무가 있는 사람?' 등 여러 가지를 물어보았다. 하지만 질문에 대한 대답이 어떤 영향을 끼칠지 몰랐기 때문에 대부분은 꿀 먹은 벙어리 상태로만 있었다. 그나마 원하는 직무가 있냐는 질문에는 돌아가면서 조금씩 대답했고, 나는 재무 쪽 직무를 원한다고 얘기했다.

3일 정도 지나고 나서 어떤 부장이 회의실에 들어오더니 이름을 부르기 시작했다.

"음…. K 사원." (껌 좀 씹을 것 같은 동기)

"네."

"그다음에 김제호 사원."

"네."

"그리고 S 사원." (위압적인 동기)

"네."

"이렇게 세 사람은 이제 BC예요."

알 수 없는 기준으로 3명의 이름을 부르더니 BC라는 알 수 없는 말을 내뱉고는 회의실을 나갔다. 이 충격적인 발표 이후 내 머릿속은 바로 혼란스러워졌고 이내 곧 낙담했다.

'아…. 껌 좀 씹을 것 같은 사람이랑… 위압감 있는 사람이랑… 일단 BC라는 게 뭐지? 그룹이나 직무인가? 뭔지는 모르겠지만, 앞으로 이 두 사람하고 같이 일해야 하는 건가? 하… 절대 친해지지 못할 것 같은데 앞으로 회사 어떻게 다니지? 회사 다

니기 너무 싫다.'

그래도 억지로 긍정적인 생각으로 머릿속을 채워보려고 노력 중이었는데, 저 순간을 기점으로 내 머릿속에 좋은 생각이라고는 하나도 남지 않게 되었다. 나중에 듣기론 저 두 동기도 나와 별반 다르지 않은 생각을 했다고 한다.

어쨌든 우리는 우리가 속하게 될 그룹과 맡게 될 직무가 뭔지조차 모르지만, 일단은 서로 사이좋게 지내야 한다고 생각했다. 그래서 일부러 서로 조금씩 얘기를 나누며 벽을 조금씩 허물어갔다. BC*가 뭔지 같이 조사해보거나 다른 사람들에게 물어보기도 했다. 가끔은 우리가 BC에 배정되었다는 소식을 들은 다른 직무의 선배들에게 위로의 커피를 얻어 마시기도 했다.

위로의 커피라고 했으니 짐작하겠지만, 우리가 배정된 직무는 팀 내에서 최악의 직무로 손꼽히는 것이었다. 신입인 그때 커피를 얻어 마시며 들은 얘기로는 업무가 너무 힘든 나머지 오로지 남자들만 그 직무에 배정된다고 했다. 이렇듯 시작도 전에 앞으로 닥칠 일들에 대한 우려와 걱정의 소리를 많이 들었다. 그러다 보니 우리가 뭉쳐서 헤쳐나가야 한다는 분위기가 형성되었고, 점점 사이가 좋아졌다. 동기들끼리의 술자리를 통해 다른 직무의 동기들과도 점차 익숙해졌고, 어느덧 한 달이 지났을 무렵에는 (한 달 넘게 회의실에 우리를 처박아놨었다) 서로 많이 편해졌다.

* BC란 Basis Consultant의 줄임말로서, 독일 SAP사의 솔루션을 관리하는 시스템 관리자 직무를 뜻한다.

본격적으로 회의실에서 공통 업무 교육이 진행될 때는 꽤 친한 상태가 되었다. 공통 업무 교육도 끝나고 드디어 우리는 회의실을 나와 각자 그룹으로 흩어졌다. 흩어졌다고 해봐야 같은 층 내에서 조금 떨어진 자리로 이동한 것뿐이지만 마음은 무슨 이산가족이라도 된 것 같았다. 이제부터는 선배들과 같이 생활해야 한다는 부담감이 이루 말할 수 없이 컸다. 그리고 우리의 우려대로 그룹에 가자마자 회사생활에서의 첫 번째 큰 위기가 다가왔다.

어쨌든, 이것이 나와 동기들의 첫 만남인데, 10년이 지난 지금은 어떨까?

예상하다시피 (혹은 예상과는 다르게) 10년 동안 이 동기들하고는 더할 나위 없이 친한 형, 동생, 친구 사이가 되었다. 같이 술을 먹고 사고를 치고, 여행도 다니고, 상사들 욕도 하고, 커피 마시면서 수다도 떨었다가, 소개팅도 주선해주고, 연애 상담도 하는 등 얼굴을 보기만 해도 웃음이 절로 나오는 사이 말이다. 절대 친해지지 못할 것 같았던 첫인상과는 다르게 이제는 우리끼리 너무 죽이 잘 맞아서 '우리 같은 머저리들만 뽑은 걸 보니 우리가 입사한 해의 회사 인사정책은 실패'인 것 같다고 웃으면서 얘기를 나누기도 한다. 이 글을 쓰는 지금도 껌 좀 씹었을 것 같은 동기(본인 말로는 그런 적 없다고 하며 이제는 내가 보기에도 그러진 않았을 것 같다), 위압적인 동기(덩치는 크지만, 굉장히 순한 성격이다)와 휴대폰 메신저로 쉴 새 없이 수다를 떠는 중이다.

돌이켜보면 참 거지 같은 10년이기도 했지만 그래도 참고 견디면서 지낼 수 있었던 건 다 이 머저리들끼리 친하게 잘 지낸 덕분이 아닌가 하는 생각이 든다.

✦ 10:00 a.m. 낀대리의 업무시간 ✦

월급 도둑이 되고 싶어요

야근...
주말 출근...
파티션 뒤에 누워서 잠깐 쉴까
나 지금 파티션 뒤에 누워 있는데, 몸을 움직일 수가 없어. 나 좀 살려줘.
천근만근....

“아무것도 모를 수도 있지! 왜?”

앞 장에서 회사생활에서의 첫 번째 위기가 다가왔다고 했는데, 그게 어떤 위기였는지 얘기해보려 한다. 지금은 이 위기가 닥친 것에 내 책임은 하나도 없다는 걸 알지만, 그때는 정말 내가 잘못한 줄 알았다. 그래서 식은땀을 줄줄 흘렸던 기억이 난다.

위기는 그룹을 배정받으면서 시작되었다. 나를 포함한 K와 S, 이렇게 세 명은 직무와 그룹을 동시에 배정받았다. 그러나 그룹원 대부분은 프로젝트를 나가 있어서 본사의 자리는 모두 비어 있었다. 본사에 남아 있는 같은 파트*의 선배라고는 딱 하나 C 차장밖에 없었다. C 차장은 우리를 어떻게 돌봐줘야 할지 난감해했다. 그렇기에 회의실 안에 다 같이 모여 있던 때와 마찬가지로, 가볍게(?) 또 방치되었다. 일단 자리를 배정받긴 했다. 하

* 그룹은 직무에 따라 몇 개의 파트로 나뉜다.

지만 팀의 주 업무가 프로젝트 투입이었기 때문에 자리는 언제든지 바뀔 수 있다는 얘기를 들었다. 그래서 휴대폰 충전기와 업무용 노트북만 자리에 놔두었다. 그렇다 보니 자리에서는 여전히 할 게 없어 심심한 상태였기에, 동기들과 사내 메신저로 수다만 떨었다.

그러던 어느 날 옆 파트의 선배가 내가 속한 파트의 선배들 대부분이 투입되어 있는 프로젝트로 외근을 간다고 했다. 가는 김에 우리를 데리고 회사를 나섰다. 우리가 앞으로 계속 같이 일하게 될, 같은 파트의 선배가 잔뜩 있는 곳으로 가보는 것이었다. 덕분에 많이 긴장하며 따라갔다. 택시를 타고 약 10여 분을 이동해서 낯선 건물로 들어갔다. 우리를 인솔한 선배는 프로젝트가 진행되고 있는 층에 내려서 우리를 파트 선배들에게 맡기고는 자신의 볼일을 보러 다른 층으로 이동했다. 나와 동기들은 회의실에서 드디어 선배들하고 대면했다.

우리가 속한 파트의 파트장을 필두로 파트의 인력인 J 과장, G 대리 그리고 우리보다 반년 정도 빨리 입사한 동기들과 인사를 나누었다. 파트원끼리 대화하는 것을 보니, 이곳의 분위기는 딱딱한 위계질서 없이 수평적으로 유지되는 듯 보였다. 파트장은 우리에게 시답잖은 질문을 몇 개 던지다가 J 과장과 농담 따먹기를 했고 G 대리는 핸드폰 게임 삼매경이었다. 반년 먼저 입사한 동기들은 너무나 편한 자세로 그 광경을 지켜보고 있었다.

이런 어수선한 분위기에서 한 시간 정도 지났을 무렵, 파트장이 우리를 잠시 쳐다보더니 J 과장에게 말했다.

"얘네 왔으니까 세미나 해야지?"

"아, 해야죠."

'무슨 세미나?'라는 생각이 잠시 들었지만 나 같은 신입사원 나부랭이에게 그게 무엇인지 물어볼 정도의 대범함은 없었다. 결국 조용히 앉아만 있다가 다시 본사로 복귀했다. 본사에 복귀하니 J 과장에게 연락받은 C 차장이 세미나를 준비하기 시작했다. 나는 세미나가 업무 관련 지식이나 앞으로 우리가 해야 할 업무에 대해 선배들이 설명해주는 자리가 아닐까 추측했다. 하지만 그 추측은 보기 좋게 빗나갔다.

"너희는 앞으로 BC일을 해야 할 테니까 BC 세미나를 할 거야."

"BC 세미나가 뭔가요?"

"BC 업무에 관한 기본 교재를 줄 건데 너희가 스스로 공부해서 우리 앞에서 발표하는 거지."

선배들이 우리에게 설명해주는 세미나가 아니라, 우리가 준비해서 선배들에게 설명해야 하는 세미나였다. 우리는 이제 막 들어온 신입사원들이라 업무에 대해선 똥멍청이나 마찬가지였다. 그런 우리에게 업무를 가르쳐주기는커녕 아무것도 모르는 상태에서 공부한 다음 이미 몇 년 혹은 몇십 년이나 이 업무를 수행해온 선배들 앞에서 발표하라는 것이었다. 누가 가르쳐주는 것보다 스스로 공부하는 게 더 오래 기억에 남고, 앞으로 컨설턴트로 고객들 앞에서 발표할 때를 대비해야 한다는 것이 명분이었다. 아무것도 모르는 신입사원인 그때의 내가 생각해도 황당하기 짝이 없는 상황이었다.

우리의 의견이야 어떻든, C 차장은 곧 회의실을 하나 예약해서 우리를 회의실로 이동시켰다. 앞으로 한 달 이상 그 회의실에서 BC 교재를 보고 준비를 해서 매일 발표해야 한다고 했다. 그렇다, 지금 내가 오타를 낸 게 아니라 진짜 '매일' 선배들 앞에서 발표하라고 했다. 그리고 일단은 BC 교재를 공부해서 발표하기 전에, 이번에 나온 신기술을 조사하라고 했다. 조사한 내용을 바탕으로 3일 뒤에 신기술 세미나도 한번 하자는 것이었다. 어쩔 수 없이 울며 겨자 먹기로 동기들과 인터넷으로 신기술을 조사해보았다. 하지만 신기술이라는 특성상 당연히 인터넷에 정보가 많이 있을 리가 없었다. 그래도 발표를 위해 꾸역꾸역 찾다 보니 어느새 퇴근 시간이 다가왔다.

퇴근 시간이 다가오자 우리는 고민에 빠졌다. 아무리 봐도 3일 뒤까지 발표 자료를 만들 수 없을 것 같은데 그래도 야근해가며 열심히 하는 모습을 보일 것인가, 아니면 어차피 안 될 거 그냥 퇴근해버리는 게 나을 것인가. 이 글을 읽는 사람이 같은 상황이라면 어떤 선택을 할는지 모르겠지만, 재밌게도 나와 내 동기들은 그냥 퇴근을 해버렸다. 어차피 안 될 거 힘 그만 빼고 나가서 술이나 먹자며 말이다. (물론 그 뒤로도 우리는 이렇게 마이페이스로 회사에 다녔고 이 모습을 본 파트장이 요새 애들은 열심히 하지 않는다며 우리를 꾸짖기도 했지만 그건 시간이 좀 더 지난 다음의 일이었다.) 그리고 발표 하루 전 우리 셋 중에 누군가는 발표를 맡아야 할 텐데 누가 발표할 것인가에 대해 진지하게 논의했다. 얘기를 나눠본 결과 나이도 제일 어리고 그나마 IT 쪽에 제일 관심이 많았던 내가 먼저 발표하기로 했다. 그래서 부랴부랴 파워포인트로 10장 정도 자료를 만들었다.

그날 오후에 C 차장이 회의실에 잠시 얼굴을 비췄고 누가 발표할 것인지 물어보았다. 그리고 내일 오후 2시쯤 세미나를 진행하면 된다고 했다. 대망의 발표 날 아침, C 차장은 파트원 전원에게 메일을 보냈다.

'이번에 들어온 신입사원들이 세미나를 합니다. 장소는 XX 타워 5층 1번 회의실입니다. 많은 참석 바랍니다.'

파트원 전원에게 메일을 보냈지만, 앞서 말했다시피 대다수는 택시로 10분 거리의 건물에서 프로젝트를 진행 중이었기 때문에 뭐 얼마나 세미나에 들어올까 싶었다.

오후 1시 30분쯤 미리 회의실에 가서 세미나 준비를 시작했다. 마음을 다잡으며 세미나를 준비하고 있는데 1시 50분쯤 되니 갑자기 약 15명 정도의 선배들이 들어왔다. C 차장의 공지 메일을 보고선 택시 여러 대에 나눠 타고 세미나에 참석하러 본사까지 온 것이었다. 이렇게 많은 선배 앞에서 발표하게 될 줄 몰랐던 나는 많이 당황했고, 옆에서 나를 지켜보던 동기들의 표정도 급격하게 굳었다. 그리고 발표 시작 직전에는 파트장까지 회의실에 들어왔다. 그렇게 2시가 되어서 발표를 시작했다.

"안녕하세요, 이번에 ERP 컨설팅팀 컨설팅그룹에 BC로 들어온 김제호라고 합니다. 발표 시작하겠습니다."

마음을 다잡고 빔프로젝터로 프레젠테이션 화면을 띄웠다. 긴장한 채, 준비한 내용을 조심스레 설명해나갔다. 불과 3분도 채 지나지 않았을 때였다.

"그래서 이 부분은…."

"잠깐."

파트장이 갑자기 내 발표를 막고는 질문을 시작했다.

"너 지금 세 개 말했는데 그중에 A가 왜 있는 거야? 그게 맞아?"

"음. 찾아보니까 A도 여기에 포함된다고 나왔습니다."

파트장은 내 대답에 어이없다는 표정을 짓고는 옆에 앉아 있던 J 과장에게 물었다.

"뭐?? 야 J 과장 저게 맞아?"

"아…. 저거 잘못 찾아봤나 본데요. 저거 아닐 텐데."

"그렇지? 야 그리고 김제호, 그다음 줄에 있는 거 그거는 또 뭐야?"

이 문답을 시작으로 질문이 꼬리에 꼬리를 물고 계속 이어졌다. 당연히 내용을 모르거나 이해하지 못해서 하는 질문은 아니고 틀린 부분에 대한 지적 혹은 꼬투리 잡기에 가까웠다. 파트장은 거의 다그치다시피 질문을 쏟아내었고 나는 그 질문들에 거의 대답하지 못하고 식은땀만 줄줄 흘렸다.

결국 1페이지에서 약 30분간 영혼이 가루가 되도록 까이고는 겨우 2페이지로 넘어갔다. 그러자 그때부터는 발표를 들어보지도 않고 질문을 쏟아내며 말로 나를 두들겨 패기 시작했다. 세미나가 진행된 지 어느덧 1시간 30분이 넘어가고 있었지만, 내가 준비한 프레젠테이션은 세 페이지도 채 넘기지 못하고 있었다. 그러다 갑자기 파트장의 전화가 울렸다. 전무가 급하게 호출하는 전화였다. 전화를 받은 파트장이 오늘 세미나는 여기까지만 하자며 황급히 자리에서 일어났다. 그리고 자리를 뜨면서 나에게 한마디 했다.

“내가 지금 전무님 전화가 와서 가는데, 너 오늘 운 좋은 줄 알아라.”

파트장의 날 서린 한마디에 바로 회의실을 박차고 집으로 도망가고 싶었다. 파트장이 자리를 비우자 세미나를 마무리하며 J 과장이 나에게 나름의 피드백을 주었다.

“발표 자료에 너무 공들이지 마요. 그냥 우리끼리 할 때는 그림 한 장 띄워놓고 설명해도 돼. 그리고 발표 자료에 단 한 단어라도 본인이 완벽하게 설명할 수 없는 말은 넣지 말고요.”

“네….”

그렇게 세미나가 끝나자마자 바로 줄담배를 피우며 지금이라도 회사를 그만둬야 하나 심각하게 고민하며 한숨을 쉬었고, 동기들은 나를 위로해주었다.

저런 세미나가 말이 좋아서 스스로 공부하도록 하고 고객 앞에서 발표할 것을 대비하는 것이지, 사실은 선배들의 분풀이에 지나지 않는다는 것을 깨닫기까지 오래 걸리지 않았다. 물론 저렇게 해야 공부가 된다고 진심으로 생각하는 사람도 꽤 있었다. 하지만 아무것도 모르는 신입사원이 자료를 조사해봐야 극히 낮은 수준에 불과했고, 발표 수준도 뻔했다. 따라서 선배들에게 지적당하지 않거나 혼나지 않는 것은 사실상 불가능했기에 나에게는 그저 선배들의 분풀이로만 느껴졌다. 어쨌든 그 당시에는 결국 아무것도 모르고 아무 힘도 없는 신입사원이라 울며 겨자 먹기로 매일 세미나를 준비하고 매일 선배들에게 까였다. 몇 년 뒤에 우리가 대리가 되어서 어느 정도 부서에 대해 잘 알고 발언할 힘도 생겼을 때, 이런 세미나는 없애자고 강하게 목소리를 낸 덕분인지, 다행히도 신입사원 세미나는 역사 속으로 사라졌다.

지금이야 10년이나 지나서 저 당시 일을 웃으며 얘기할 수 있지만, 그때로 돌아가면 그 당시 나를 호되게 까댔던 사람들에게 한마디 해주고 싶다는 생각이 종종 든다.

"신입이 모르는 게 당연한 거 아니냐. 신입이 모르면 가르쳐줘야지, 왜 까기만 해? 너네는 날 때부터 다 알았냐?"

세상 참 모를 일이야

격동의 세미나를 지나 어느덧 11월이 되었을 때다. 세미나로 바쁘게 보내기도 하고 동기들과 커피를 마시면서 여유롭게 보내기도 하며 시간을 보내다 보니 금세 날이 추워졌다. 그날도 동기들과 점심을 먹으러 가던 중이었다. 엘리베이터를 타려는 순간 전화기가 울렸다.

"여보세요?"

"어 나 P 대리인데."

처음 듣는 목소리였다.

"누구시라고요?"

"P 대리라고!! 짐 싸서 YY 빌딩으로 와!!"

그렇게 전화가 끊겼다. 어리둥절한 내 모습에 동기들이 누군지 물었다. 나는 P 대리한테 전화가 왔다고 했다. 상황 파악이 되지 않아 파트장에게 전화를 걸었다.

"여보세요, 파트장님 혹시 지금 통화 가능하신가요?"

"어어 뭔데?"

"방금 P 대리한테 전화를 받았는데, 저보고 YY 빌딩으로 오라고 하던데요."

"어어 맞아 거기로 가."

내가 모르는 사이에 P 대리가 속해 있는 프로젝트에 투입되기로 결정된 것이었다. 일단은 점심을 먹으러 가던 길이니까 발걸음을 옮기며 동기들과 P 대리에 관한 얘기를 나누었다. 동기 중에 같이 일해보거나 실제로 만나본 사람은 없었다. 그저 소문으로만 얘기를 들었을 뿐이었다. 우리가 들은 것은 P 대리가 굉장히 성격이 좋지 않으며 만나는 사람들마다 싸운다는 소문이었다. 갑작스레 닥친 첫 프로젝트와 그 프로젝트를 같이할 사람이 하필 소문의 그 P 대리라는 생각에 밥을 제대로 먹을 수 없었다. 식사 후 자리로 돌아와서 프로젝트에 가기 전에 어떤 것들을 준비해야 하는지 마침 본사에 와 있던 H 과장에게 물어보았다. H 과장은 가기 전에 챙겨서 갖고 갈 것들이랑 확인해야 할 사항에 대해서 알려주었다. 그리고 가기 전에 커피라도 한잔하라며 동기들과 나를 불러 커피를 사주었다. 커피를 마시는 중에도 내 머릿속은 하얬다. 동기들은 그런 나를 보며 얼굴이 사색이 되었다고 걱정했다. H 과장은 그래도 P 대리가 자기 사람에게는 잘해주는 사람이라며 나를 안심시켰지만, 내 귀에 그런 소리가 들어올 리 만무했다.

오후 세 시나 되어서야 죽을 것 같은 표정으로 택시를 잡아 타고 YY 빌딩으로 이동했다. 건물에 들어서서 프로젝트가 진행되고 있는 층으로 이동했다. 그 층의 문 앞에서 P 대리에게 전화하니 문밖으로 덩치 큰 사람 하나가 나왔다. P 대리였다. 소문으로 좋지 않은 얘기를 들어선지 인상도 썩 좋아 보이지 않았다. P 대리를 졸졸 쫓아가 자리에 앉아서 노트북을 펴고 인터넷 접속 정보를 세팅했다. P 대리는 그런 내 일거수일투족을 뒤에서 보고 있었다. 곧 사내망에 접속되고 메신저가 켜지자마자 동기들에게 메시지가 왔다.

'잘 도착했냐? 분위기 어떰?'

당연히 내 뒤에서 일거수일투족을 감시하던 P 대리도 이 메시지를 보았다. 그리고 바로 사자후가 날아왔다.

"메신저 안 꺼?"

나는 화들짝 놀라 메신저를 끄고 그 자리에 굳어버렸다. 잠시 후 P 대리는 내 키보드와 마우스에 관해 물어보았다. 일을 제대로 하려면 장비를 잘 갖춰야 하니 자기가 추천하는 키보드와 마우스를 장만하라며 한껏 으름장을 늘어놓았다. 뭐가 뭔지도 모르겠지만, 일단은 불러주는 키보드와 마우스의 기종을 받아 적었다. P 대리는 자리로 돌아갔고, 나는 몰래 메신저를 켰다. 그리고 동기들에게 메신저로 현재 상황을 전달하고는, 우리끼리 암호와 룰을 정하자고 했다. 메신저로 대화하다가 P 대리가 내 근처로 다가오는 게 보이면 내가 '@'라는 특수문자를 보내고, 그럼 대화 도중이어도 나에게 답장을 보내지 말라는 룰이었다.

솔직히 이렇게까지 해야 한다니 정말이지 눈물이 나올 것 같았다. 어쨌든 이제부터 좋으나 싫으나 저 사람과 최소 몇 달은 프로젝트를 같이해야 하니 견디는 수밖에 없었다.

퇴근 시간이 가까워져 올 무렵 P 대리가 나를 불렀다. 자리로 가니 본사에서 세미나는 했는지, 교육은 어떤 걸 다녀왔는지 물어보았다. 그러고는 우리가 프로젝트에서 관리 중인 서버 목록을 주고선 서버 한 개를 가리켰다.

"야, 오늘 저녁에 작업이 있어서 우리가 서버를 다 내려주고 가야 해. 그중에 이 서버 한 개는 네가 내려라. 알겠냐?"

"네, 네…. 그, 근데 접속 방법을 모르는데요…."

"야야 이거 윈도 서버야. 터미널로 그냥 들어가면 돼. 지금 내 화면에 있는 게 그 서버다."

P 대리의 화면을 보면서 필사적으로 화면을 눈에 새겨넣었다. 그리고 자리로 가서 '윈도 서버 접속 방법'을 검색해보았다. 꾸역꾸역 20분 정도를 찾으며 따라 해보니 다행히도 아까 P 대리의 자리에서 본 화면이 내 노트북 화면에도 그대로 옮겨졌다. 그다음 문제는 서버를 꺼야 한다는 것인데, 그 당시 나는 서버 끄는 방법을 몰랐다.

그렇다고 P 대리에게 물어보자니 또 사자후가 날아올 것이 무서워서 '에라 모르겠다. 끄랬지?'라는 생각으로 X 버튼을 모조리 눌러버렸다.

"야, 서버 껐냐?"

"넵…!"

"그럼 퇴근해."

한숨을 내쉬며 도망치듯이 회사를 빠져나왔다.

그리고 다음 날 출근했을 때 무언가 분위기가 심상치 않았다. P 대리는 일찌감치 출근해 있었고 P 대리와 같이 일하던 L 대리도 심상치 않은 표정으로 P 대리의 화면을 보며 얘기를 나누고 있었다. 내가 출근하는 걸 본 P 대리가 날 호출했다.

"야, 너 어제 서버 껐어, 안 껐어?"

"꺼, 껐습니다."

당황하며 대답했다. 하지만 바로 이어서 P 대리가 다그치듯이 물었다.

"야, 근데 인프라센터에서 어제 안 꺼져서 작업 못 했다는데 뭐야?? 끈 거 맞아?"

"…."

"내 자리에서 어제 네가 한 대로 다시 해봐."

내가 무슨 실수라도 했나 싶어서, 눈앞이 캄캄해졌다. 어찌됐든 손을 바르르 떨며 자리에 앉아서 P 대리의 노트북으로 어제 했던 작업을 그대로 수행했다. 일단은 어제 봤던 P 대리의 화면을 그대로 재현하는 데는 성공했다.

"그래 거기까지는 맞고."

그다음에 어제와 마찬가지로 X 버튼은 모조리 다 눌렀다. 그러자 P 대리는 잠시 멍하게 날 바라보더니 어제와는 비교도 안 되는 사자후를 내뿜었다.

"야!!! 이게 서버 끈다고 끈 거야?? 너 대체 뭐 배웠냐!!!"

P 대리의 호령에 나는 식은땀을 줄줄 흘리며 정신을 못 차렸다. 내가 나를 볼 수는 없었지만, 아마 저 때 내 표정은 곧 죽을 사람의 표정이지 않았을까 싶다.

나중에서야 알았지만 내가 한 행동은 서버를 끈 게 아니라 세션만 종료한 것이었다. 누구나 알 수 있게(?) 최대한 쉽게 말해보자면 컴퓨터를 끄라고 했는데, 컴퓨터 본체 전원을 끈 게 아니라 그냥 모니터만 끈 셈이었다. 내가 사고를 친 덕분에 다른 부서에서 일을 못 했다고 항의가 들어왔으니, P 대리 입장에서는 화가 머리끝까지 날 만도 했다. 하지만 나는 신입사원이니까 모를 수도 있는 거 아닌가 하는 불만이 가득했고 P 대리랑은 역시나 잘 지낼 수 없을 것 같다고 생각했다. 내가 어떻게 생각했든 이날을 계기로 P 대리는 나를 아무것도 모르는 똥멍청이라고 생각하게 되었고, 그때부터 아주 혹독한 스파르타 교육이 시작되었다.

그때는 그게 그렇게 화낼 일인가 했다. 하지만 시간이 지나고 돌이켜 생각해보면, 아마 P 대리도 '아무리 신입사원이라도 이 정도는 부서에서 교육해서 보냈겠지?'라고 생각했을 테니 내 행동이 황당하기 그지없었을 것이다. 심지어 모르면서 물어보지도 않고 멋대로 일을 처리해 다른 부서에게 욕까지 먹었으니, 어찌 보면 화를 내는 것도 당연하다 할 수 있겠다.

전화위복으로, 이때의 경험이 그 뒤 후배가 생겼을 때 후배를 대하는 기준을 세우는 데 도움이 됐다. 후배로 누가 오든지, 얼마나 똑똑하든지 일단은 저 때의 나처럼 똥멍청이일 거라 생각하고 후배를 대하게 됐다. 너무 얕잡아 보는 거 아니냐 싶을 수도 있겠지만, 실제로도 이 방법이 사고를 막고, 내가 후배를 가르치는 데 많은 도움이 됐다. (고 나만 생각할지도 모르지만 말이다.)

아, 그리고 마지막으로 저 당시 P 대리와의 혹독한 시간을 어떻게 견딘 거지? 하고 궁금해할 사람을 위해 말해주자면, 정말 놀랍게도 프로젝트에 투입된 지 한 달 정도 지났을 때, 예상외로 나와 P 대리는 쿵짝이 잘 맞는 파트너가 되었다. 인생 참 모를 일이다.

'무식하면 용감하다'
더닝 크루거 효과

더닝 크루거 효과를 아는가? 이 효과를 정확히 설명하면, 특정 분야에 대해 조금 아는 사람은 자기 능력을 과대평가하고, 적당히 유능한 사람은 자기 능력을 과소평가하는 경향이 있다는 것이다. 이처럼 사람은 어떠한 분야를 인지하기 시작하면 자신이 어느 정도 경지에 올랐다고 자신하는 경향이 있다고 한다. 마치 대학을 졸업할 무렵 전공에 통달했다고 자부하는 학부생처럼 말이다. (여기서 더 자만해서 대학원에 가면 그 자부심은 철저히 박살난다.)

이 얘기를 꺼낸 이유는 첫 프로젝트를 끝마친 그때의 내가 딱 저런 상태였기 때문이다. P 대리의 스파르타식 훈련을 이겨내고 약 6개월간 프로젝트를 경험한 다음 본사로 복귀한 나는 이제 세상에 거칠 것이 없었다. '고작 2년 차지만 그게 뭐 어쨌단 말인가. 나는 그 무시무시한 P 대리 밑에서도 살아 돌아온 역전의 용사인데.' 심지어 이런 근거도 없는 자만심으로 가득한 내 모습은 남들 눈에 자신감이 넘치는 것으로 비치기도 했다. 이 정도에서 그쳤다면 이 이야기는 시작되지 않았을 것이다. 하지만 역시나 늘 모든 이야기가 그렇듯 내 자만심은 만악의 근원인 입방정으로까지 이어졌다.

"저 다음 프로젝트는 혼자 나가보고 싶습니다."

"혼자?? 왜??"

파트장과의 면담에서 저런 소리를 내뱉는 2년 차 사원이라니. 지금 생각해보면 저 당시 파트장이 보기에 내가 얼마나 가소로웠을지 짐작도 가지 않는다. 그러거나 말거나 나는 자신감에 차서 대답했다.

"이번에 신규 구축하면서 전체 프로젝트를 어떻게 진행해야 하는지 어느 정도 배웠으니까 이제는 스스로 그걸 적용해나가면서 일해보고 싶습니다."

지금 봐도 엄청나게 패기 넘치는 말이다. 하지만 파트장은 내 심정을 아는지 모르는지 대충 알았다는 말로 면담을 끝냈다.

그리고 얼마 지나지 않아 내가 투입될 두 번째 프로젝트가 결정됐다. 혼자 나가고 싶다는 바람과는 달리, 업무 리더로 D 차장이 들어가고 그 밑에 내가 메인 업무로 들어갔다. 당연히 사원 2년 차를 단독으로 프로젝트에 내보낼 일은 없었기 때문이다. 하지만 그런 상황조차 파악하지 못한 나는, '혼자 내보내주지 않는 것을 보니 내 능력을 너무 과소평가하는 거 아니야?' 하는 발칙한 생각을 했다.

어찌어찌 프로젝트 투입 날이 다가와 D 차장과 함께 고객사가 위치한 수원으로 향했다. 온갖 짐을 잔뜩 들고 지하철에 나란히 앉아서 어색하게 수원을 향해 가고 있었다. 갑자기 D 차장이 말을 꺼냈다.

"제호, 너 올해 몇 년 차니?"

"2년 차입니다."

"프로젝트는 뭐 해봤어?"

"강남에서 P 대리랑 XX 프로젝트에서 반년 있었습니다."

"그래?"

내 얘기를 들은 D 차장은 나에게 들릴 듯 말 듯 조그마한 소리로 한숨을 내쉬었다. 나는 내가 비록 프로젝트는 하나밖에 안 해봤지만, 누구보다 잘할 수 있다고 자신했기에 왜 저리 한숨만 쉬는지 이해하지 못했다. 그리고 프로젝트에 투입되고 바로 다음 날부터 그 자만심의 대가를 톡톡히 치르기 시작했다.

이 프로젝트 전에 나는 고작 한 개의 프로젝트를 해보았을 뿐이었다. 그래서 신기술의 발전과 고객사의 다양한 요구 조건 때문에 같은 유형의 프로젝트를 다시 할 일이 거의 없다는 것을 몰랐다. 이 프로젝트도 그전 프로젝트와는 전혀 다른 속성의 프로젝트였다. 그제야 그동안 쌓은 지식은 이제 겨우 전문적인 대화를 조금씩 이어나갈 기초 수준일 뿐, 여기에서는 거의 써먹을 수 없다는 것을 알았다. 심지어 이 프로젝트는 최신기술을 적용하는 프로젝트였기 때문에, 국내에 유사한 사례가 없는 프로젝트였다. 그제야 D 차장이 쉰 한숨의 의미를 이해할 수 있었다. 다른 속성의 프로젝트만 한 번 해본 2년 차 초짜에게 맡기기에는 너무 최신의, 너무 높은 난도의 업무였기 때문이었다.

D 차장은 앞에서 업무 조율과 리딩, 고객사와의 미팅, 시스템 구성 설계를 담당했다. 실제로 서버를 만지고 데이터를 전송하고 업그레이드하는 것은 온전히 내 몫이었다. 잠시 좌절했지만, 그래도 아직은 자신감이 남아 있었기에 배운 걸 바탕으로 닥치는 대로 시스템을 만져보았다. 3일 정도 지나고 나선 자신감이 완전 박살이 났다. 3일이나 지났지만 진도는 하나도 나가지 않았고 1차 마감은 다가오고 있었다. 급한 대로 거의 본 적도 없는 파트 선배들에게 전화로 애걸복걸하면서 도움을 청했다. 전화로 간단히 도움을 주는 선배도 있었고, 나 때문에 야근까지 하면서 원격으로 도와준 선배도 있었고, 네 능력은 그것밖에 안 되니까 헛고생하지 말고 집에나 가라는 선배도 있었다. 어쨌든 덕분에 느리게나마 꾸역꾸역 작업을 진행할 수 있었다. 물론 나는 매일 야근에 주말과 공휴일도 다 반납하고 한 달 내내 일만 해야 했지만 말이다.

그러다가 이 상황이 본사에까지 알려져서 때마침 본사에 있던 H 차장과 C 대리가 한 달간 지원을 나왔다. 다행히도 H 차장이 앞에서 교통정리를 해주고 시스템을 만지는 실무는 C 대리가 지원을 많이 해줬다. 거기에 팀에서 외주 컨설턴트도 급하게 고용해 두 달간 지원해주었다. 그렇게 사방팔방 민폐란

민폐는 다 끼치며 한 달, 두 달, 석 달을 버티고 프로젝트 오픈이 다가올 무렵에는 아예 고객사에서 잠을 자가며 일을 진행했다. 그 와중에 끝없이 과거의 나를 욕하며 후회하며 보냈다.

'등신같이 왜 혼자 가고 싶다는 망발을 해서 이 고생을 사서 하나… 하….'

그렇게 갖은 고생을 다 하며 진행한 프로젝트는 나름 한국에서 최초의 사례라는 명예로운(?) 딱지를 붙이고 오픈되었다. 하지만 나에게는 내 무능함을 세상에 널리 알리는 불명예스러운 프로젝트로 마침표가 찍혔다. 그렇게 프로젝트를 오픈하고는 뒤도 돌아보지 않고 도망치듯이 본사로 출근하려 했다. 하지만 마지막 날까지도 마무리하지 못한 작업에 발목이 붙잡혀 야근까지 해서야 겨우 마무리하고 나올 수 있었다.

본사로 복귀해서 한숨을 돌리고 보니 고작 그 넉 달간 폐인이 된 내 모습이 눈에 들어왔다. 계속되는 야근으로 야식은 기본이고, 스트레스를 풀기 위해 아이스크림까지 잔뜩 먹어 몸무게가 무려 6kg이 늘어 있었다. 잠도 못 자서 피부는 푸석푸석했다. 그렇게 나는 입방정의 대가를 톡톡히 치렀다.

이때 거의 반강제적으로 겸손을 주입당한 나는 그 후로 조금이라도 내 안에 자만심이 생기려 할 때면 저 때의 일을 떠올리며 최대한 말을 조심하려 한다. 이제는 우쭐거리면서 "제가 할 수 있습니다." 하면서 나선다거나 "그거 금방 할 수 있죠." 하면서 건방을 떠는 대신에 다르게 말하는 버릇이 생겼다.

“일단은 해보고, 안될 것 같으면 말씀드릴게요.”

또 내 입방정에 발등 찍히긴 싫으니까.

너는 울었고
나는 울고 싶었다

앞 장에서 말한 내 입방정으로 갖은 고생을 한 프로젝트, 유독 이 프로젝트가 기억에 남은 이유가 있다. 입방정의 대가를 치르던 와중에 1년 후배(라고 해봐야 내가 2년 차니 1년 후배는 신입사원이다)가 프로젝트에 투입되었기 때문이다. 그것도 바로 내 밑으로.

앞서 말했다시피, 여러 사람이 거쳐 간 프로젝트였지만 사실 프로젝트에 공식적으로 투입된 인원은 업무 리더인 D 차장과 나, 그리고 도중에 들어온 신입사원 S까지 총 3명이었다. 회사생활을 좀 더 하고 나서 생각해보니, 사실 말도 안 되는 조합이었다. 저렇게 3명이 나가면 보통 중간에는 실무에 도가 튼 과장급이 나가는 게 정석인데, 그 자리에 고작 2년 차 사원이 들어갔으니 말이다.

이야기를 쓰다가 생각난 김에, 선배들에게 그때 왜 그런 인력구성이 되었는지 물어보았다. 얘기를 들어보니 그 프로젝트에는 인력을 한 명 더 추가로 투입하기로 계약이 되어 있었으나, 프로젝트 기간 내내 투입이 가능한 건 S뿐이었다고 한다.

어쨌든 다시 본론으로 돌아와서, S는 제일 중요한 첫 프로젝트로 이렇게 바쁘고 어려운 프로젝트에 들어온 데다가 바로 위에서 업무를 알려주고 자기를 돌봐줘야 할 선배가 고작 1년밖에 차이가 안 났으니 (실제로는 약 6개월 차이) 도망칠 법도 했다. 하지만 S는 기대 이상으로 열심히, 잘 해내었고, 늘 웃으면서 프로젝트 분위기를 밝게 만들어주었다. 너무나도 힘든 프로젝트여서 야근에 야근이 계속되었지만, 그래도 점심을 먹고선 같이 근처 가게에서 아이스크림을 먹는 낙으로 버티고 (이게 내 체중 증가의 원인이었다) 야식도 시켜 먹으면서 버텼다. 그러다 보니 나도 자연스레 일하다가 어떤 부분은 S에게 위임하기도 하고 의지하기도 했다.

그러던 어느 날 사건이 터지고 말았다. 당시 본사에서는 팀이 개편되면서 여러 변동이 있었다. 팀의 수장인 팀장도 바뀌고 팀 산하 그룹도 분리되거나 합쳐지면서 내가 속한 파트는 기술 그룹이라는 새로운 그룹에 속하게 되었다. 그래서 새로이 취임한 기술 그룹의 그룹장이 각 프로젝트로 인사를 다녔다. 이 순회공연의 거의 막바지에 나와 S가 일하고 있던 프로젝트로도 그룹장이 인사를 왔다. 이 프로젝트에는 우리 팀뿐만 아니라 다른 팀도 함께하고 있었는데, 두 팀의 인원 모두가 그룹장과 점심을 먹었다. 다른 팀은 자리로 돌아가고 우리 팀은 그룹장과 티타임을 가졌다. 그리고 으레 그룹장들이 하듯이 안부를 묻는 어색한 대화가 이어졌다.

"D 차장님, 프로젝트는 어떠세요? 일정대로 끝날 것 같나요?"

"아, 뭐 그럼요, 우리 제호 사원이랑 S 사원이 아주 열심히 해줘서 잘 진행되고 있습니다."

서로 짠 듯이 훈훈한 대화가 오고 갔다. 그리고 D 차장은 회의가 있어서 먼저 들어가 보겠다며 자리를 떴다. 그다음에 그룹장은 나에게 안부를 물었다.

"제호 사원, 제호 사원이 기술적으로 메인인 프로젝트니까, 열심히 하고 잘 마무리하고 와. 요새 뭐 힘든 건 없고?"

"아…. 네…. 뭐, 출퇴근 거리가 너무 멀어서 힘들긴 합니다."

"아 그건 내가 어떻게 해줄 수 있는 문제가 아니네. 그래도 얼마 남지 않았으니까 힘내고."

순서가 돌아 S 사원의 차례가 되었다.

"그래 S 사원은 요새 힘든 거 없어?"

그룹장의 말이 끝나기 무섭게 S의 눈에서 눈물이 뚝뚝 떨어졌다. 펑펑 우는 게 아니라 정말 참고 참았던 눈물이 떨어지는 모양새로 뚝뚝 떨어졌다. 순간 그 자리의 모든 사람이 굳어버렸다. 아마 아무도 예상하지 못했으리라. 그룹장은 으레 하던 대로 안부를 물었을 뿐이고, 당연히 우리가 일반적인 대답을 할 것이라 예상했을 것이다. 그 예상이 나한테 말을 걸 때까지는 적중했다. 단지 S의 차례에서 빗나갔을 뿐. 모두가 당황하는 사이 그룹장이 침착하게 말을 이었다.

"S 사원이 아주 힘든가 본데…. 내일 본사에 와서 나랑 면담 좀 할까? 제호 사원, 내일 S 사원 꼭 프로젝트에 있어야 해?"

"아, 아뇨. 내일은 일정이 별것 없어서 본사로 가도 됩니다."

"그래 그럼 내일 아침에 본사에서 볼게."

누구도 예상치 못했던 티타임은 그렇게 끝이 났다.

다음 날 S는 본사로 출근했고 프로젝트에 있던 나는 S가 어떤 얘기를 할지 내심 초조했다.

'나는 나름 잘해준다고 했는데 혹시 나 때문에 그런 거면 어떡하지? 아냐, 99% 프로젝트 때문에 힘든 것 같은데…. 아니 한 90% 정도고 10%는 나 때문인가? 아니, 내 지분이 20? 30? 하….'

금요일 오후가 되어서야 S는 프로젝트로 복귀했다. D 차장도 나도 S에게 본사에서 어떤 대화를 나눴는지는 묻지 않았다. 그렇게 그날이 지나고, 주말도 지나고, 다시 한 주가 밝았다. 우리는 지난주의 일을 잊은 것처럼 행동했고 모든 것이 원래대로 돌아온 것 같았다. 그렇게 시간이 흘러 어느덧 프로젝트가 끝나고 S는 직무를 옮겼다. 나와 같은 직무에서 다른 직무로. 왜 그 직무로 옮겼는지 차마 물어볼 수는 없었다. S는 옮긴 직무로 약 2년간 회사를 더 다니다가 그만두었다. 다행히도 S가 그만두기 직전에 우연히 얘기를 나눌 기회가 있었다. 티타임이었는지 아니면 회식 자리였는지는 기억나지 않지만, 그때 나눴던 대화는 아직도 선명하게 기억난다.

"저 사실은 그날 강남 한복판에 주저앉아서 울었어요."

프로젝트 당시에는 너무 바빴기 때문에 우리는 크리스마스 이브에도 야근을 했다. 그런데도 일은 도저히 줄어들 기미가 보이지 않았다. 그렇게 6시, 7시, 8시를 넘어 시간은 어느덧 밤 11시를 넘어가고 있었다. '어차피 오늘 내로는 일을 다 끝낼 가망이 없겠군'이라고 생각한 나는 나름의 배려랍시고 막차라도 타라며 S를 집으로 보냈다. 근무지에서 11시 넘어 탈 수 있는 차는 강남역으로 가는 차뿐이었다. 그래서 S는 밤 11시 45분에 강남역으로 향하는 막차를 타고 집으로 갔다. 밤 11시 45분에 보낸 게 무슨 배려냐고 할 수 있겠지만, 나와 외주 컨설턴트는 그다음 날 새벽 3시까지 일하다가 잠깐 집에 가서 눈을 붙이고 옷을 갈아입고 아침에 다시 나올 정도였으니, 나름의 배려라면 배려였다. 그래서 나는 그 당시 S가 어떤 심정인지 전혀 헤아리지 못했다.

11시 45분 막차를 타고 자정을 넘어서 밤 12시 15분에 강남역에 내린 S의 눈에는 크리스마스라고 들떠 있는 화려한 길거리와 사람들이 보였을 것이다. 그리고 놀러 나온 그들과는 달리 이제야 겨우 퇴근 중인 자신의 처지가 너무나도 슬펐을 것이다. 나는 이 상황을 알지는 못했더라도 적어도 크리스마스이브에 밤늦도록 야근까지 한 S의 심정을 나중에라도 헤아려 위로해주었어야 했다. 하지만 나 살기 바빠서 스스로 할 만큼 했다며 프로젝트 중에 S의 심정은 생각조차 해보지 않았던 것이다.

S는 이 얘기를 추억인 양 웃으면서 했다. 그런 S를 보며 나도 말했다.

"어휴, 그랬냐? 어휴, 미안하다 야. 그땐 막 나도 집에 못 가고 그러니까 너라도 살라고 먼저 보낸 건데 그랬을 줄 몰랐네."

"에이, 그래서 먼저 보내준 거 알죠. 근데 그냥 그때는 너무 슬펐어요."

S와 내가 겪은 그 슬픈 크리스마스이브에 관한 대화는 여기서 끝났고, 곧이어 다른 화제로 넘어갔다. 그리고 그날 저녁, S의 얘기를 듣고 집에 가는 길에, 강남역 한복판에 주저앉아 울었다는 S의 얘기가 다시 떠올랐다. 그러자 곧이어 나도 너무나 서글퍼졌다.

'S는 그때 울었지만 난 지금 울고 싶네.'

누구한테 누구를 돌보라고?

후배가 생기는 것은 기쁜 일이다. 하지만 한편으로는 내가 후배를 가르칠 자격이 있는지도 의심스럽고, 아직 온전히 1인분도 하지 못한다고 생각하는데 내가 누군가를 보살펴줘야 한다는 점에서는 두렵기도 하다. 그리고 모든 인간관계가 그렇듯 어떻게 대해야 할지 막막하기도 하다. 앞선 S 사원과의 이야기만 봐도 나에게 후배를 돌보는 건 참 쉬운 일이 아니었다.

사원 3년 차에 또 후배들이 들어왔다. 나와는 2년 차이의 신입사원들이었다. 여전히 나는 사원에 머물러 있었고, 앞선 프로젝트 덕분에 어느 정도는 멘탈이 단단해졌다고 생각했지만, 그래도 내가 느끼기에 나는 모자란 부분이 많았다. 그래서인지 이 시기에도 유독 후배들과 여러 에피소드가 많이 생겼다.

H는 처음에 왠지 병약해 보였다. 할머니들이 보시면 기겁할 정도로 마른 체형이었고, 말투나 표정도 약간 겁에 질린 햄스터에 가까웠다. 그래서 다들 H는 우리 팀에서 오래 버티지 못할 것

같다며 걱정을 많이 했다. 그러던 어느 날, 본사에서 다들 각자의 일과 과제로 야근을 하던 중이었다. 나도 내 나름으로 열심히 보고문서를 만들던 와중에 H에게 메신저가 왔다.

'제호 사원님, 저 모르는 부분이 있는데 잠깐 봐주실 수 있을까요?'

하던 일을 멈추고 바로 H의 자리로 갔다. H는 선배들에게 받은 과제를 하고 있었고, H가 하기에는 조금 어려운 부분에서 막혀 있었다. 사실 생각보다 별건 아니었기에, H 옆에 서서 같이 모니터를 보며 설명해주었다.

"훌쩍."

H가 코를 훌쩍였다. 옆에서 휴지를 하나 뽑아서 코에 갖다 대고 있었다. 그 모습을 본 내가 말했다.

"뭐야, 감기야?"

"훌쩍."

H는 대답하지 않았다. 어쨌든 나는 열심히 설명해주었고, 다시 자리로 돌아갔다.

자리로 돌아가는 도중, 중간에 있는 회의실 문이 빼꼼 열렸다.

"제호 사원님, 제호 사원님."

고개를 돌려보니 1년 후배인 J 사원이 나에게 회의실로 들어오라며 손짓했다. 영문도 모르고 그대로 회의실에 들어갔다. 회의실에 들어가 보니 J 사원만 있는 것이 아니라 3명의 선배가 더 있었다. 그리고 회의실에 들어온 나에게 선배인 K 대리가 물었다.

"H 사원 왜 우는 거예요?"

"울어요?"

나는 머리에 물음표를 띄우며 되물었다. 그리고 잠시 후 물음표가 느낌표로 바뀌었다.

"아, 훌쩍인 게 감기가 아네요???"

지금 내가 생각해도 참 더럽게 둔감했다. 일하다 코가 빨개져서 훌쩍거리며 도와달라고 했는데, 우는 것일 수도 있다는 생각 자체를 안 했을 정도니.

우리끼리 얘기해봤자 이유는 알 수 없다는 결론이 났기에, 나는 자리로 돌아가서 다시 일을 시작했다. 그러다가 H 사원의 동기를 통해 아까 J에게 받은 메일이 매서워서 그런 게 아닐까 싶다는 첩보(?)를 들었다. 곧이어 그 첩보가 퍼졌고, 이미 야근을 끝내고 술자리로 간 선배들이 이를 듣고는 나에게 특명을 주었다. 술자리에는 J도 있으므로 H를 반드시 데려오라는 것이었다. 어떻게든 오해를 풀고 화해를 시키겠다는 것이었다.

H의 입장에서 한번 상상해보자. 내가 어떤 선배 때문에 울 정도로 맘이 엄청나게 상했는데, 옆에 있는 다른 선배가 날 울린 그 선배가 있는 술자리에 가자고 한다? 심지어 나는 술을 좋아하지도 않는데? 나는 머릿속이 매우 복잡해졌다.

'내가 지금 술자리에 같이 가자고 하면 같이 가기는 할 텐데

얼마나 기분이 거지 같을까. 하…. 이걸 가자고 해야 하냐 말아야 하냐…. 돌겠네, 정말….'

나도 평소에는 막내급으로서 보살핌(?)을 받던 입장이라 중간에 낀 이 상황이 쉽지는 않았다. 어찌 됐든 마음을 다잡고 입을 열었다.

"다들 얼마나 됐어?? 많이 남았어??"

"30분 정도 더 하면 될 것 같아요."

H의 동기인 Y가 말했다. 나는 H를 바라보며 물었다.

"H는 얼마나 남았어?"

"저도…, 30분 정도요…."

"그래?? 그럼 내일 내가 같이하면 10분이면 다 끝날 것 같으니까, 오늘은 이만하고, 선배들 먼저 저녁 먹고 있다는데 다 같이 가서 저녁이나 얻어먹고 가자."라고 말하고는 H를 슬며시 쳐다보았다. H의 눈동자가 흔들렸다.

"저… 는… 배가 안 고파서… 집에 갈게요…."

나는 Y에게 눈빛으로 도움을 요청했다. 용케 내 눈빛의 의미를 눈치챈 Y가 한마디 거들었다.

"같이 가서 조금만 먹고 가자."

"…."

H는 마지못해 따라나섰다.

다행히 이날의 술자리는 사원, 대리들뿐이었기에 분위기가 화기애애했다. 우리가 J는 말투가 원래 그런 것일 뿐, 너에게 화가 나서 그런 것이 아니라고 필사적으로 변명했고, 운이 좋게도 그날 H와 J는 오해를 풀 수 있었다. 나름 선배로서 안도감을 느끼며 속을 쓸어내렸다.

잠시 후 나는 원래의 후배 입장으로 돌아오게 되었다. 그 술자리에 있던 S 대리가 갑자기 나에게 예전에 서운했던 일이 있다며 얘기를 꺼냈기 때문이다. 그다지 심각한 얘기는 아니었다. 예전에 어떤 차장이 S 대리와 나, 그리고 내 동기에게 일을 맡겼다. 나와 동기는 적당히 처리해서 S 대리를 통해 차장에게 제출했다. 그 후 S 대리와 차장이 얘기하는 것을 엿듣게 되었는데, 듣다 보니 추가 수정이 필요해서 야근해야 할 것 같았다. 야근이라면 질색이었던 나와 동기는 그대로 짐을 싸서 도망쳐버렸다. S 대리는 우리 둘이 도망간 것을 보고, 뭔가 사정이 있을 것으로 생각했다고 한다. 하지만 다음 날 우리가 그냥 하기 싫어서 도망간 것을 알았고, 그래서 많이 서운했다며 술기운을 빌려서 나에게 서운함을 토로했다.

S 대리의 얘기를 들으면서 많이 미안했다. 나와 동기는 철없이 도망쳤을 뿐이다. S 대리가 그 뒤에 어떤 일을 겪고 어떤 마음이 들었을지 생각해보지도 않고 말이다. 미안한 마음에 바로 그 자리에서 S 대리에게 사과했다.

그리고 조금 전 S 대리의 얘기와 아까 H의 일을 떠올리며 생각했다.

'나는 아직도 일하기 싫다고 도망이나 치는 게 꼭 철없는 애

같잖아? 근데 그런 애보고 후배를 돌보라고 맡기니까, 후배가 울면서 일하는 것도 눈치를 못 채지. 어휴, 이거 완전 애가 애를 돌보는 꼴이네.'

“못 해요”
그 한마디만 할 수 있었더라면

자존감이 높지 않은 사람들의 공통된 특징이 뭘까? 『미움받을 용기』라는 책으로 널리 알려진 심리학자 알프레드 아들러에 의하면, 그들은 열등감이 깊고 그 열등감을 자존심으로 표출한다고 한다. 자존심을 표출하는 데에는 여러 가지 방식이 있다. 남을 깔보고 뭉개는 방식, 자신에게 조금만 안 좋은 소리를 해도 화내는 방식, 돈을 펑펑 써서 사람들에게 얕잡아 보이지 않으려는 방식 등 다양하다. 자기 능력이 모자란 것을 숨기는 방식도 그중의 하나다. 그리고 그 방식을 쓰는 사람들이 정말 하기 어려워하는 말이 있다. ‘못 해요’라는 말이다. 못 한다고 하면 내가 능력이 부족하다고 인정하는 것 같고 남들이 얕잡아 볼 것 같기 때문이다. 나도 그런 사람 중 하나였다.

세 번째로 나갔던 프로젝트도 두 번째 프로젝트와 마찬가지로 업무 리더로 C 차장, 나, 그리고 후배 Y 사원 이렇게 3명이 함께 나갔다. 이번에도 업무 리더 다음 위치인 내가 실무를 리딩하는 역할을 맡았다. 두 번째 프로젝트의 경험을 바탕으로 이번에는 후배를 잘 돌보면서 업무도 훌륭하게 해내고야 말겠다는 결심을 하고 프로젝트에 나갔다. 앞선 프로젝트는 우리 팀 전체에서 투입된 인원이 고작 3명뿐이었지만, 이번 프로젝트는 우리 팀에서 투입된 인력만 해도 약 30~40명 정도 되는 큰 규모의 프로젝트였다. 아직 3년 차이던 나는 여전히 회사에 모르는 사람 투성이였고, 이번 프로젝트의 그 많은 사람 중에 내가 아는 사람은 거의 없었다. 어쨌든 약 1년간 진행될 프로젝트여서 사람들과의 관계가 중요하다고 생각했다. 그래서 일단은 나 자신을 억누르고(속된 말로 성깔 좀 죽이고) 다들 어떤 성향인지를 파악하며 조심스레 일하기 시작했다. 그렇게 프로젝트를 순조로이 시작했다.

한 달, 두 달 정도 지나니 이제는 프로젝트의 사람들이 어떤 사람들인지 어느 정도는 눈에 보이기 시작했다. 매우 엄격하지만 사원, 대리들에게는 친절한 프로젝트 매니저*, 업무도 못하고 실수가 많아서 보면 쓴웃음만 나오는 프로젝트 스태프, 목소리가 크고 무섭지만 유머러스하고 자기 사람들에게는 잘해주는 재무 파트 리더 등 여러 사람의 성격이 어느 정도 파악이 됐다. 그리고 내 업무 리더인 C 차장의 성격도.

* 프로젝트 전체를 총괄하는 리더를 지칭한다.

내가 본 C 차장은 나와는 절대로 맞지 않는 성격이었다. 모든 것에 호불호가 명확한 나와 달리 C 차장은 소위 말하는 'Yes 맨'이었다. 리더 회의를 다녀오면 오만 가지 일을 떠맡아 오기 일쑤였다. 나는 당연히 리더라면 부하직원들의 역량과 여유를 파악해서 일을 적당히 조율해야 한다고 생각했다. 그러니 시간이 지날수록 C 차장과 사이가 안 좋아질 수밖에 없었다. 점점 C 차장과의 대화가 없어졌다. 하지만 그와는 별개로 프로젝트가 진행되며 C 차장이 받아 오는 일의 양은 줄어들지 않았다.

사실 이쯤에서 무언가 조치가 있어야 했다. C 차장 선에서든 내 선에서든. 하지만 사람과 사람의 관계가 으레 그렇듯이, 서로 제대로 된 대화를 하지 않으니 일은 점차 꼬여만 갔다. C 차장이 맡아 오는 업무들이 점점 힘에 부치기 시작했다. '그래도 어떻게든 다 평일에 해결해서 주말에는 반드시 쉬리라'라는 일념으로 일정을 조율해가며 일하다 보니, 매일 야근의 연속이었다. 하루 12~13시간씩 일하면서 버텼다. 그러다 보니 몸도 망가지고 짜증도 늘었다. 이 모든 건 딱 한 마디, "못 해요"라는 말을 못 해서 벌어진 일이었다.

그렇게 반년이 지나고 대리로 진급했을 무렵 나름 자신을 억눌렀던 초반과는 달리 나는 완벽한 싸움닭이 되어 있었다. 이제는 일을 잘하고 못하고를 떠나서 누구도 나와 얘기하고 싶어 하지 않았다. 그래서인지 이런 일도 있었다.

"대리님, ○○를 XX로 바꾸려면 어떻게 해야 하나요?"

갑자기 Y가 나에게 물었다.

"그거? 그거는 이렇게 하면 되긴 하는데, 네가 갑자기 그건 왜 물어?"

"아, 어느 분이 그거 해줄 수 있겠냐고 물어봐서요."

사실 Y가 한 질문은 조금 어처구니없는 질문이었다. Y가 아닌 다른 누군가가 나에게 그런 질문을 했다면 나는 무슨 그런 질문을 하냐며 달려들었을 것이다. Y에게 물어본 사람도 그 사실을 알았기 때문에, 나에게 물어보지 못하고 후배인 Y에게만 물어본 것이다. 이 정도면 자기반성이 필요한 시기이지만, 그러지 못했던 나는 오히려 이 상황에서도 화를 냈다.

"그걸 왜 너한테 물어봐? 그거 할 권한은 나한테 있는 건데? 야, 나한테 연락하라고 해."

그렇게 싸움닭 상태로 석 달 정도 지났을 무렵 나는 결국 육체적으로도 무너져 내렸다. 매일 오랜 시간 앉아서 일만 하던 나는, 그래도 건강을 챙긴답시고 고객사 건물에 있는 헬스장에 운동을 갔다. 첫날부터 조금 무리해서 러닝머신 위에서 40분 정도 뛰었더니 다음 날 바로 몸에서 신호가 왔다. 가뜩이나 약해진 몸에 체력도 빠지고 환절기까지 겹치니 고환염이 왔다. 조금이라도 몸을 움직이면 극심한 통증이 밀려왔다. 식은땀을 흘리며 비뇨기과를 찾아갔고, 항생제를 링거로 들이부었다. 그렇게 일주일 동안 매일 치료를 받았다.

하지만 그런 와중에도 "못 해요"라는 말 한마디를 못 하고 일은 일대로 다 완수하겠다는 일념으로 야근 후, 병원 문 닫기 직전에서야 병원으로 가서 링거를 맞았다. 고환염은 나았지만, 몸 상태는 완전히 무너졌다.

고환염 완치로부터 1주일 후, 몸살이 심하게 왔다. 지금까지 겪어봤던 몸살하고는 비교도 안 될 정도였다. 그런데도 아침 일찍 출근해서 잠시 사무실 구석에서 눈을 붙였다. 30분 뒤 업무시간이 되어, 자리로 가려고 일어나려는데 온몸에 힘이 들어가지 않았다. 겨우 힘을 내어 옆에 있는 핸드폰을 집어 들어서 Y에게 메시지를 보냈다.

'나 지금 파티션 뒤에 누워 있는데, 몸에 힘이 안 들어가. 와서 좀 도와줘.'

Y는 메시지를 보자마자 놀라서 달려왔다. 그렇게 Y의 부축을 받고 자리에 갈 수 있었다. 심상치 않은 내 몸 상태를 본 C 차장은 급하게 대타를 구했다. 대타가 올 때까지 반송장처럼 자리에 앉아 있다가 점심 무렵 퇴근했다. 퇴근하자마자 병원에서 링거를 맞으며 회복했고, 놀랍게도 다음 날 출근했다. 계속 쉬었다간 일에 공백이 생길 것이고, 공백이 생기면 사람들이 나를 손가락질할 것만 같았기 때문이다. 내 자존심에 그건 용납할 수 없었다. 그렇게 미련하게 다시 일을 했고, 그렇게 삼 개월을 더 버틴 뒤 프로젝트가 끝났다.

프로젝트가 잘 끝나긴 했어도 후유증은 만만치 않았다. 나는 회사에 업무는 열심히 하지만 성격이 나쁜 대리로 소문이 났고, 한번 망가진 몸은 쉽사리 돌아오지 않았다. 일에는 자신감이 생겼고 실제로 실력도 늘었지만, 나와 일하려는 사람은 없었다. 그럼에도 나는 내게 문제가 있다고는 추호도 생각하지 않았다. 그렇게 점점 고립되어갔다. 그리고 이 모든 상황은 "못 해요"라고 말하는 것을 내 자존심이 허락하지 않았기 때문에 벌어진 것이었다.

다행히 그 뒤로 많은 시간이 지나면서, 뒤에 나올 여러 사건과 노력을 통해 몸도 마음도 건강해졌고, 사람들과의 관계도 다시 좋아졌다. 그래서 이제는 안다. 개인이 할 수 있는 일에는 한계가 있고, 한계를 넘는 일은 못 한다고 하는 것이 부끄러운 일이 아니라는 것을. '그런 일은 못 한다'라고 말했다 해서 나를 무능하게 생각하는 사람이 있다면, 오히려 그 사람이 이상한 사람이라는 것을 말이다. 그래서 이제는 당당하게 말한다.

"에이~ 이건 제가 못 해요, 할 수 있는 사람을 부르셔야지."

“아니, 이것도 제 일이라고요?”

일을 시작하기 전에 가장 중요한 게 무엇일까? 일하기 위한 준비물? 마음가짐? 장비? 단합을 위한 회식? 이 질문에는 사람마다 각양각색의 답을 내놓을지도 모르겠다. 누가 나에게 이 질문을 한다면 나는 이렇게 대답할 것이다. ‘R&R’이라고. ‘R&R’은 비즈니스 용어이다. ‘Role and Responsibility’의 약자로 직역하자면 역할과 책임이다. 일을 하기 전에 각자의 역할과 책임질 범위를 정할 때 쓰는 말이다. 내가 이 ‘R&R’을 중요하게 여기게 된 데에는 내 특수한 직무가 크게 한몫했다.

다른 잡다한 수식어를 다 쳐내고 내 직무를 가장 간단하게 말하면, IT 시스템 구축 & 관리 담당이라고 말할 수 있다. 이렇게 얘기하면 간단해 보이지만, 자세히 들여다보면 직무의 특수성 때문에 굉장히 애매모호한 위치이다.

보통 내가 투입되는 프로젝트는 고객사에 신규 시스템을 도입하거나 기존 시스템을 업그레이드하는 프로젝트다. 이런 프로젝트를 수행하려면 여러 자원과 인력이 필요하다. 기본적으로 회사의 시스템을 설치, 구성해서 사용할 서버가 필요하다. 그리고 그 서버에 도입할 시스템에 맞는 OS*와 IT 솔루션을 설치한다. 그 후에 모듈 컨설턴트라는 사람이 프로세스와 프로그램 설계를 하고 개발자들이 개발을 통해 실제로 구현한다.

방금 이 내용을 보고 대부분은 '무슨 귀신 씻나락 까먹는 소리지?'라고 생각했을 것이다. 그러므로 이제 좀 더 쉽게 비유를 들어 내 직무와 그것의 애매모호함에 관해서 설명해보겠다.

당신이 건축사무소에서 일한다고 가정해보자. 어느 날 의뢰가 들어왔다. 카페를 차리고 싶으니 멋들어지게 카페를 만들어 달라는 것이었다. 의뢰인의 요구는 명확했다. 빈 부지에 건물을 올리고 가게를 꾸며서 자기가 들어가서 바로 장사를 할 수 있게 해달라는 것이었다. 건축사무소 직원인 당신과 동료들은 각자 역할을 나눴다.

동료 A는 땅을 다지고 건물을 올리는 건설 담당이 되었다.

동료 B는 내부 인테리어를 디자인하는 디자이너가 되었다.

동료 C는 디자이너인 동료 B의 디자인에 따라 실제로 인테리어를 하는 작업 담당이 되었다.

마지막으로 당신은 수도와 전기, 그리고 각종 가구에 인테리어 자재들을 납품해야 하는 기반 담당이 되었다.

* 운영체제(Operating System)를 뜻하는 말로, 크게는 윈도우즈, 리눅스, 유닉스 등이 있다.

그렇게 넷이서 일을 시작하면 어떤 일이 발생하는지 보자.

건설 담당인 동료 A가 말했다.

"땅을 다지고 건물을 올릴 건데, 몇 평에 몇 층짜리 건물 세워주면 돼?"

디자이너인 동료 B가 답을 한다.

"몰라, 일단 나는 가게 안에 테이블이 10개는 들어가고 천장은 요새 유행하는 노출 천장으로 디자인할 거니까, 그거 맞춰서 지어줘."

동료 B의 얘기를 들은 동료 A는 한숨을 쉬었다. 그런 말만 듣고는 건물을 지을 수 없다고 했다. 결국에는 동료 A와 동료 B의 중간인 당신이 중재하며 건물 설계를 할 수밖에 없다.

"음. 테이블이 10개 이상이면 50평 이상은 되어야 할 것이고, 노출 천장으로 할 거면 층간 간격을 고려해야겠지? 그리고 전기를 저쪽에서 끌어서 선을 이렇게 배치하고, 주방에 수도는 이렇게 놔야 하니까… 여유분 고려해서 70평에 2층으로 지어줘."

동료 A는 당신의 요건에 맞춰서 건물을 지어 올린다. 그리고 당신은 그 건물에 수도와 전기를 끌어오고 내부 인테리어를 위한 자재들도 구해 온다. 일하다 보니 건물에 조금 하자가 있는 게 보인다. 당신은 동료 A에게 말해서 하자를 보수하거나 때로는 본인이 직접 보수해가며 작업을 한다. 어느덧 기반이 다 완성되었다. 이제 당신은 디자이너인 동료 B에게 말한다.

"자, 이제 필요한 건 다 준비됐으니까 디자인 마음껏 하면 돼."

하지만 디자이너인 동료 B는 표정이 좋지 않다.

"아, 내가 생각한 노출 천장은 에어컨을 저쪽에 다는 건데 저기 전기선이 없잖아, 저기 전기선 달아줘. 그리고 바닥은 시멘트로 안 하고 타일로 깔 거니까 높이 다르게 해서 미장도 다시 해줘."

당신은 발끈하면서 말한다. 전기선은 다시 단다고 쳐도 바닥에 타일을 깔고 미장을 다시 하는 건 내부 인테리어 담당인 네 일 아니냐고. 하지만 씨알도 먹히지 않는다.

"아, 몰라 난 못 해. 네가 이렇게 일 안 해주면 의뢰인한테 납품하는 것만 늦어져. 그래도 되겠어?"

동료 B의 으름장 때문에 당신은 어쩔 수 없이 미장을 다시 한다. 그렇게 일이 끝나나 했지만, 여전히 일은 끝나지 않았다. 동료 B는 동료 C를 지휘해서 내부 인테리어를 하는 와중에도 자꾸 당신을 호출한다. '벽에 액자를 달고 싶은데 못이 들어가지 않는다.', '예정에 없던 식기세척기를 넣어야 하니 수도를 더 뚫어야 한다.', '벽에도 등을 달고 싶은데 어디에 달지 모르겠다.' 동료 B와 당신은 분명히 역할이 다름에도 애매한 부분의 일들이 당신에게 계속 넘어온다. 심지어 당신 선에서 해결되는 일이 아닌 것들도 많다. 일을 다 끝낸 동료 A에게 울며 겨자 먹기로 아쉬운 소리를 하며 도움을 요청하기도 한다. 어쨌든 꾸역꾸역 일을 마치고 결국에는 의뢰인이 가게를 개점하게 되었다.

아주 기쁜 마음에 의뢰인은 건축사무소의 당신들 넷을 초대해서 파티를 열고 동료 B와 C에게 감사의 인사를 전한다.

"인테리어가 아주 이쁘게 잘됐네요."

동료 A와 동료 B 사이에서 건물을 설계하고 수도와 전기 등 기반을 다지고 인테리어 자재를 납품한 것도 모자라 동료 B가 디자인에 전념할 수 있도록 온갖 고생을 한 당신에게는 감사의 인사가 없다. 이쯤 되면 당신은 무슨 생각이 들겠는가?

동료 B는 동료 A에게 많은 것을 요구하지 않았다. 자기가 잘 모르는 분야기도 하고 직접적인 접점이 없었기 때문에. 그래서 동료 A는 일의 양이 많지 않았다. 동료 B와 C는 인테리어를 멋지게 한 직접적인 공로를 인정받았다. 그리고 당신은?

그렇다. 내가 실제로 하는 업무도 이 건축사무소처럼 애매모호한 위치에서 이쪽저쪽을 조율해가며 여러 가지 문제를 해결해야 하는 일이다. 그래서 일 시작 전에 하나부터 열까지 서로의 담당 영역을 구체적으로 정하지 않으면 온갖 일을 다 떠맡게 된다. 물론 이야기의 결말처럼 나의 노고는 별로 드러나지도 않고 사람들이 잘 알지도 못한다.

그래서 어느 순간부터는 일하기 전에 서로의 업무 영역과 책임질 영역을 명확히 할 수밖에 없었다. 시작 전에는 최대한 "제가요?", "이게 제 일이라고요?"라고 말하며 내 영역이 아니라는 어필을 해보고 그래도 안 되면 협상을 시도했다. 협상에 실패해서 어쩔 수 없이 말도 안 되는 일을 떠맡으면 최대한 많은 사람에게 도움을 요청했다. 이 사람들 덕분에 빠르게 해결되면 좋고, 그게 아니더라도 '내가 내 업무 영역 외의 일을 이렇게나 힘들게 하고 있어요'라고 어필이라도 해보려는 생각이었다. 이런 것조차 하지 않고 혼자 묵묵히 하다가는 일은 일대로 많이 하면서 성과를 인정받기는커녕 문제에 대한 질책만 받을 수도 있기 때문이다.

누군가는 나에게 너무 매정하다고도 한다. 자기 업무 영역이 아니라면 듣는 것조차 최대한 피하고 선을 그어버리기 때문이란다. 또는 별거 아닌 것 같은데 너무 요란하게 사방팔방 얘기하며 일하기 때문이란다. 그들의 마음은 충분히 이해한다. 하지만 어쩌겠는가, 나는 이렇게라도 살아야 한다. 그렇지 않으면 미래의 내가 일에 치여서 반쯤 죽으리라는 것을 이제 너무 잘 안다.

한 달 만에 6kg을 뺄 수 있는 최악의 다이어트

회사에 다니다 보면 필연적으로 살이 찌기 마련이다. 일단 회식으로 술자리가 늘어난다. 야근할 때는 밥심이 필요하다는 핑계로 저녁을 푸짐하게 먹고 야식까지 먹는다. 일하다 스트레스를 받으면 달콤한 간식에 바닐라 라테 정도는 기본이다. 출퇴근은 힘들고 일에 치이고 사람한테 지치면 퇴근하고 운동은커녕 아무것도 하고 싶지 않게 된다. 그렇게 하루 이틀이 쌓여 어느덧 체중계의 숫자가 전고점을 돌파하는 순간이 온다. 처음 보는 숫자에 충격을 받으며 결심한다. 내일부터 다이어트 시작이라고. 하지만 그 결심은 다음 날 점심시간이 되면 눈 녹듯이 사라진다. 다시 숫자는 늘고 또 다이어트를 결심한다. 그렇게 계속 반복된다.

이처럼 다이어트는 직장인의 숙명과도 같다. 예전에야 배를 만지며 이게 다 인품이라고 말하며 껄껄 웃는 부장님의 모습이 보편적이었겠지만, 이제는 미용만이 아니라 건강을 위해서도 날

씬한, 혹은 탄탄한 몸을 만드는 게 보편화되었다. 하지만 그게 어디 쉬운 일인가. 살을 빼겠다고 회식을 빠져봤다. 그랬더니 나만 빠진 회식에서 중요한 일을 자기들끼리 결정해서 올 때가 있었다. 점심을 다이어트식으로 도시락을 싸서 다녀봤다. 다들 맛있는 거 먹으러 갈 때 나만 외로이 맛도 없는 밥으로 한 끼를 때우고 나니 너무 우울했다. 헬스장에 등록해서 퇴근하고 운동하러 가보았다. 돈 아까워서 PT 횟수는 다 채웠지만, 그 이후로는 운동 나갈 의욕이 생기지 않았다. 이처럼 회사에서 다이어트에 성공하는 건 하늘의 별 따기와 같다. (나만 의지박약인가?) 하지만 회사에 다니면서도 할 수 있는 아주아주 효과가 좋은 다이어트가 있다. 바로 스트레스. 스트레스야말로 체중 감량에는 어마어마한 도움이 된다.

입사 후 몇 년 동안은 살이 쪄도 다시 빼는 것이 그리 어렵지 않았다. 그래서 나는 금방 또 뺄 수 있을 거라 자신하고 다이어트와는 거리가 먼 생활을 했다. 업무 스트레스를 아이스크림 같이 단 거로 풀기도 했고 술도 좋아하는지라 동기들, 친구들과 술자리도 자주 가졌다. 심지어 먹는 것도 육식동물처럼 고기 위주로 먹고 거기에 야식으로 피자나 치킨까지 먹어댔다. 하지만 내가 살이 잘 빠졌던 건 어디까지나 어려서였을 뿐, 어느 순간을 기점으로 한 해 한 해 지날수록 점점 살이 찌기만 했다. 그 뒤로 몸무게는 절대로 떨어지지 않았고, 오히려 찌는 속도만 점점 더 빨라졌다. 입사 당시의 몸무게와 비교하면 무려 8kg이 증가해버렸다. 하지만 여전히 다이어트와는 거리가 먼 삶을 유지하고 있었다. 그러던 어느 날 저 몸무게가 다시 입사할 때의 몸무게로 돌아가는 일이 발생했다.

앞서 말한 세 번째 프로젝트(차마 '못 한다'라고 얘기하지 못하던 그 프로젝트)에서 나는 극심한 스트레스를 받았다. 몸도 성치 않아서 고환염에 극심한 몸살로 쓰러지기까지 했다. 거기에 더해서 수면장애도 앓았다. 과중한 업무에 어떻게든 해내야 한다는 강박증까지 겹쳤다. 잠을 자려고 하면 곧잘 잠들었지만, 5분이 채 지나지 않아 깨버렸다. 그렇게 하루에도 스무 번은 자다 깨기를 반복하면서 나는 점점 초췌해져 갔다. 순식간에 식욕이 사라졌고 성격은 점점 예민해져만 갔다. 결국 신경정신과에서 수면제와 안정제, 항우울제를 처방받았다. 약의 힘으로 한번 잠들면 깨는 일은 없었지만, 이제는 반대로 졸음을 참을 수 없었다. 온종일 몽롱한 상태였고 점심, 저녁 시간에 밥을 먹기보다는 잠을 자는 것이 우선이었다. 업무에서 오는 스트레스도 여전했다.

그렇게 한 달, 두 달이 지나면서 점점 복용하는 약의 양이 늘어났고, 끼니를 챙겨 먹는 일은 드물게 되었다. 심지어 나중에는 이틀에 한 끼를 챙겨 먹는 지경에 이르렀다. 이쯤 되니 체중은 불과 한 달 사이에 6kg이나 빠졌다. 내 상태를 본 C 차장이 기운을 북돋아주기 위해 나를 포함한 프로젝트원들을 모두 이끌고 이곳저곳에 데려가서 맛있는 것을 사줬기 때문에 그나마 6kg 빠지는 걸로 그쳤다.

이 지경이 되자 항상 같이 일하는 사람들뿐만 아니라 가끔 만나서 협업하는 타 부서 사람들도 내 상태가 뭔가 이상하다는 것을 눈치챘다. 일 때문에 수원 쪽 사업장에 가서 W 과장과 몇 번 같이 일한 적이 있었다. 서너 번 정도 만나서 일했을 무렵 W 과장이 갑자기 나를 보며 말했다.

"제호 대리… 옆에서 보면 코만 보여요."

"코만요?"

나는 내 코에 뭐가 묻었는지 확인하려 코를 쓱 만지면서 되물었다. 그러자 W 과장이 말했다.

"얼굴에 살이 너무 빠져서 코만 두드러져 보여요. 이러다 죽는 거 아니에요?"

나야 내 얼굴을 매일 거울로 보니 잘 몰랐지만, 가끔 만나는 W 과장의 눈에는 몇 주 간격으로 만날 때마다 내 모습이 눈에 띄게 야위어가는 게 보였던 모양이다. 그제야 나에게도 내 상태가 눈에 들어왔다.

내 상태의 심각성을 인지하고 어떻게든 고쳐보려 했지만, 프로젝트가 끝날 때까지는 결국 고치지 못했다. 사내 마음건강센터를 통해 상담도 계속 병행했지만, 상담받는 그 순간만 편안할 뿐 결국 근본적인 해결책은 되지 못했다.

그러다 보니 어느덧 프로젝트가 끝나서 본사로 출근하게 되었다. 본사는 자율출퇴근제였기에 어느 정도 시간을 자유롭게 쓸 수 있었다. 그렇게 시간에 여유가 생기자 나는 한 가지 큰 결심을 했다. 나날이 수척해져가는 내 상태를 변화시키기 위해 지금까지 복용하던 약을 모두 끊고 새사람으로 태어나리라 다짐했다. 일단 마음을 먹으면 빨리 실행해야 하는 성격이라 바로 그날부터 약을 끊었다.

약을 끊은 변화는 바로 그날 밤부터 찾아왔다. 자려고 누우면 금세 잠들었으나, 약을 먹기 전과 다를 바 없이 곧바로 깨버렸다. 거기에 더해서 예전과는 다르게 자는 동안 머릿속이 휘저어지는 징그러운 느낌을 계속 받았다. 예전에 몇 번 급격하게 혈당이 떨어져본 적이 있었는데 그때와 비슷한 이상한 감각을 계속 느꼈다.

다음 날 일어나서 출근하려 했으나 도저히 일어날 수가 없었다. 그래서 부랴부랴 연차를 내고 집에서 계속 쉬었다. 마침 그다음 날부터는 주말이었기에 프로젝트도 끝난 김에 푹 쉬려고 마음먹었다. 푹 쉬면 상태도 다시 돌아오지 않을까 하는 기대를 조금 가졌다. 하지만 그날 밤도 전날과 마찬가지로 제대로 잠을 잘 수 없었다. 결국 다시 고통 속에 하루를 보내고 다음 날 아침 자리에서 일어났다. 많이 힘들었지만, 이왕 새 사람으로 태어나기로 결심도 했고, 때마침 주말이기도 하니, 아침 일찍 산책을 나섰다.

그렇게 집 밖으로 나온 지 약 3분 뒤, 나는 한 걸음도 걸을 수가 없었다. 머리가 지끈지끈 아파오고 심장은 미친 듯이 뛰고 턱이 아프기 시작했다. 더 이상 밖에 있다가는 쓰러지겠다고 생각한 나는 겨우 죽을힘을 다해 집으로 돌아왔다. 그렇게 그 날은 집에서 계속 누워 있었다. 저녁이 되어 겨우 자리에서 일어나 다시 나가봤지만 역시나 마찬가지였다. 월요일이 되어도 증세가 나아질 기미가 없자 나는 간신히 택시를 붙잡아 타고 대학병원으로 향했다. 행여나 몸에 중대한 이상이 있는 건 아닐까 두려웠다.

결국 나는 3일간 병원에 입원했다. 진단은 금단현상이었다. 대량의 항정신성 약물을 복용하다가 갑자기 약을 끊어 발생한 일이라고 했다. 결국에는 다시 약을 처방받아 복용했고, 약은 추후에 서서히 끊기로 했다. 그렇게 이 사건은 마무리되었고, 나에게 남은 것은 6kg 감량된 몸무게뿐이었다.

원치 않게 이런 방법으로 살이 빠진 내가 약을 모두 끊고 정상 생활로, 그리고 원래 체중으로 돌아오게 되는 건 그로부터 무려 1년 뒤의 일이었다. 그리고 지금은 약간의 과체중이 되어 열심히 다이어트 중이다. 덕분에 이제는 친구들이 다이어트에 관해 얘기하면 나는 그때를 떠올리면서 웃으며 말하곤 한다.

"뭐니 뭐니 해도 최고로 효과가 좋은 다이어트는 스트레스지. 그것만큼 살이 잘 빠지는 게 없어."

그러고는 뒤이어 말한다.

"하지만 그렇게 살이 빠지느니 살이 찐 상태로 있는 게 백배는 낫더라고."

내가 블록체인에 대해 뭘 알겠냐

회사에 다니다 보면 평소 하는 직무와는 다른 직무를 배정받을 때가 있다. 인력이 부족해서일 수도 있고, 법적인, 혹은 사회적인 변화 때문일 수도 있고, 아니면 기술의 발달 때문일 수도 있다. 나도 회사에 다니다가 본의 아니게 새로운 일을 하게 된 적이 있다. 반쯤은 기술의 발달 때문이긴 하지만 나머지 반은 약간 황당한 이유에서였다.

2017년, 전 세계는 광풍에 휩싸여 있었다. 바로 비트코인 광풍이다. 최초로 블록체인 기술이 개발됐을 때, 기술의 기반이 되는 연산(Proof Of Work), 소위 말하는 채굴의 대가로 지급된 암호화폐가 바로 비트코인이었다. 몇 년에 걸쳐 블록체인 기술이 서서히 주목받자, 이 비트코인은 사람들의 투자 혹은 투기 대상이 되었고, 그 정도는 열풍을 넘어 광풍이라고 해도 무방할 정도로 엄청났다. 하루아침에 몇십, 몇백억을 버는 사람이 있는가 하면, 전 재산을 날리는 사람도 생겨났다. 사람들은 만났다 하면 비트

코인 얘기였고, 비트코인 외에도 수많은 코인이 생겨났으며, 이에 따라 전 세계적으로 노동의 가치는 떨어지고 일할 시간에 코인에 빠져드는 사람이 늘어났다.

당연히 우리 회사에서도 사람들은 만났다 하면 코인 얘기를 나눴다. 누구는 어떤 코인으로 10분 만에 5억을 벌었다더라, 누구는 하룻밤 만에 재산이 1/10이 되었다더라, 어느 코인이 이번에 상장하는데 거기에 투자하면 좋다더라 등 코인 얘기는 식을 줄 몰랐다. 부서 사람들이 모여서 티타임을 할 때도 코인 얘기는 계속되었다. 그러던 중 가장 연장자였던 S 부장이 입을 열었다.

"그런데, 이렇게 다들 말만 하는데, 알고 보면 우리 중에 코인으로 크게 한탕한 사람 있는 거 아냐? 조용히 숨어 있을 것 같은데."

그 얘기에 사람들은 '혹시 네가?'라는 표정으로 서로를 쳐다보았다. 그러다가 J 차장이 입을 열었다.

"아 맞아, 분명 있을 수 있죠. 그럴 만한 사람 몇 명 있는데…. 제호 너 그런 거 관심 많지 않아? 돈 좀 벌었어??"

"아. 저는 리플(암호화폐의 한 종류)을 상장하는 날 사보기는 했어요."

"어? 정말? 얼마나?? 완전 떼돈 번 거 아냐?"

"아뇨 그냥 적당히 샀는데, 이게 저랑은 안 맞더라고요. 24시간 오르락내리락하니까 정신을 못 차리겠어서 한 달 있다가 다 팔아버렸어요."

내 얘기에 아쉽다는 듯이 J 차장이 다시 물었다.

"그럼 그거 만약 안 팔고 있었으면 지금 얼마가 됐을까?"

나는 잠시 계산해보고 입을 열었다.

"음… 아마 2,000cc 중형차 한 대 가격은 됐겠네요."

"아… 좀 더 갖고 있지. 아쉽겠다."

"이미 지났는데 어쩔 수 없죠. 뭐."

그렇게 그날 티타임은 별일 없이 끝났다.

그로부터 며칠 뒤, 팀 내에 특명이 떨어졌다. 세계적인 코인 열풍. 그 기반이 되는 블록체인 기술을 이용해서 사업을 할 수 있는지 검토하라는 것이었다. 이를 위해 블록체인 기술에 대해 분석하는 '블록체인 TF'*를 꾸려서 기술 분석 후 팀장님께 보고하라고 했다. 그러자 그룹장이 나를 호출했다.

"제호 대리, 블록체인에 관심이 많다면서?"

"네? 제가요??"

"아니, 들어보니까 옛날부터 코인도 사고 그랬다던데. 그리고 새로운 기술 하는 거 좋아하잖아? 그래서 말인데 이번에 만드는 블록체인 TF로 들어가 줘야겠어."

"아니 그건 잠깐 사봤던 건데요, 그리고 새로운 기술을 좋아하는 건 아니고 그냥 해보고 싶다는 건데…. 아니, 그리고 그런 황당한 이유로 절 TF에 넣으시려고요??"

* 대책 본부 혹은 전문 위원회를 뜻하는 말로, Task Force의 약자이다.

"어쨌든 해보고 싶었다는 거잖아? 그럼 하면 되겠네."

단지 암호화폐를 사봤다는 이유와 그룹장의 막무가내식 말발로 인해 결국에는 블록체인 TF에 들어가게 되었다.

TF의 업무는 생각보다 힘들었다. 너무 새로운 기술이기도 했고 우리가 평소 하는 업무와는 거리가 있는 기술이다 보니, 일단 자료 조사부터 여의찮았다. 모은 자료들도 분석이 잘되지 않아서 우리끼리 회의실에서 '내가 맞네, 네가 틀렸네'라고 목소리를 높여가며 의견을 나누기도 했다.

그렇게 2주가 지나니 이미 몸은 만신창이었다. 그런데도 입사한 이래 처음으로 회사 일에 의욕이 넘쳤다. 지금까지처럼 해오던 일을 반복하는 것이 아니라 새로운 미래 기술을 연구하고 학습해나간다는 충실감에, 미래를 잘 대비하고 준비하는 것처럼 느껴졌다. 그로 인해 잠시나마 미래에 대한 불안감도 사라졌다. 그 후 2주간의 결과물을 정리해서 팀장님께 보고하는 것으로 TF는 해체되었다. 그렇게 나와 블록체인의 인연은 끝나는가 싶었다.

그로부터 2년 뒤, 이 끈질긴 인연은 끊어지지도 않고 다시 돌아왔다. 이제는 회사 차원에서 블록체인 전문 인력을 기르려 했고, 이를 위해 조금이라도 관련이 있는 부서에서는 의무적으로 2주간의 블록체인 전문 교육을 수강할 인원을 선발해야 했다. 어처구니없게 우리 부서도 블록체인과 관련이 있는 부서로 분류되었고, 당연히 내가 차출되었다.

블록체인 전문 교육은 그야말로 지옥이었다. 아무래도 전문 교육이다 보니 모든 교육은 실전을 가정하여, 실제 블록체인을 개발하고 이를 활용해서 모의 프로젝트를 하는 식으로 이루어졌다. 쭉 컨설턴트로 일해오던 나는 개발이라고는 단 한 줄도 할 줄 몰랐기에 수업을 하나도 따라가지 못했다.

심지어 1주 수업 후 그다음 1주는 팀을 짜서 팀별로 모의 프로젝트를 했다. 개발을 단 한 줄도 하지 못하는 나는 개발에 참여하지 못하고 꿔다 놓은 보릿자루처럼 있을 수밖에 없었다. 그나마 컨설턴트로서의 특기를 살려서 최대한 공을 들여 프레젠테이션을 만들고 발표를 준비했다. 그거라도 하지 않으면 이 가시방석에 더는 앉아 있지 못할 것 같았다. 팀의 개발에 아무 도움도 주지 못한다는 미안함도 있었지만, 한편으로는 마음이 편했다. 어찌 됐든, 어떤 식으로 블록체인을 활용하고 적용할지를 전문적인 과정을 통해 조금이나마 들어두는 것이 나중에 팀에 도움이 되리라 생각했기 때문이다. 또한 이를 팀에 가서 잘 얘기하고 전파하는 것만으로도 나는 내 몫을 충분히 하는 게 아닐까 하는 생각도 들었다.

운이 좋게도 교육과정 마지막에 우리 팀의 프로젝트는 우수 프로젝트로 선발되었다. 덕분에 팀에 돌아가서는 신기술도 배워 왔지만, 우수한 성적을 거두기까지 했다며, 조금은 으스댈 수도 있었다. 내가 한 것이라고는 발표를 열심히 한 것뿐이지만, 그것도 나름 한몫을 한 것이라고 스스로 위안하며 말이다.

이후 우리 팀은 결국 블록체인과 관련된 사업을 하지 않기로 했고 그 이후에는 팀 전체가 블록체인 관련 연구나 교육에서 멀어졌다. 그 때문에 처음이자 마지막으로 전문 교육을 갔다 온 내가 어느 정도의 지식을 가졌는지는 팀 내의 누구도 영영 알 수 없게 되었다. 그 덕에 아마 지금도 우리 팀 내의 블록체인 기술 넘버원은 나인 것으로 되어 있을 것이다. 지식의 깊이가 발을 담갔을 때 발목까지도 오지 않을 정도로 얕지만 말이다.

블록체인 TF나 전문 교육처럼 다음에 또 어떤 새로운 일이 나에게 떨어질지는 모르겠다. 하지만 기술은 빠르게 발전하고 있으니 금방 또 새로운 일을 맞닥뜨리게 될 것은 불을 보듯 뻔하다. 블록체인 TF와 전문 교육과정을 겪을 때 몸은 아주 힘들었지만 마음이 편하다는 걸 알았으니, 이제는 오히려 그런 상황이 닥쳐도 마음만은 여유로울 것 같다.

여기에 긍정적인 마음을 조금 더 담아보면, 이런 생각이 들기도 한다.

'회사가 알아서 내 미래를 위해 (정확히는 회사의 미래를 위해서이지만) 새로운 기술을 연구할 시간도 주고 교육도 해주고 심지어는 그걸 내 성과로도 인정해준다니, 완전 개꿀이잖아?'

"갑질의 진수를 보여주마!"

갑질이라는 말은 한국에만 있는 말이라고 한다. 물론 외국이라고 갑질이 없겠는가마는, 그런 행동을 뜻하는 고유명사가 있는 건 한국뿐이라고 한다. 그만큼 한국에서는 갑질이 만연하기에, 직장인이라면 누구나 한 번쯤 갑질을 당해봤을 것이다. 그리고 그런 갑질에는 참으로 다양한 형태가 있다. 퇴근 직전에 일을 주고선 다음 날 아침에 브리핑하자고 한다거나, 말도 안 되는 납기를 준다거나, 인격모독 혹은 욕을 한다거나, 비용을 낮추고 인력을 줄이라고 압박을 준다거나.

나도 다양한 갑질을 겪어보았지만, 그중에서도 최고의 갑질은 위에 언급한 저런 갑질이 아니었다. 저런 갑질들은 사실 꼬투리 잡힐 여지가 있다. 하도급법이나 직장 내 괴롭힘 방지법 등 여러 법에 어긋날 소지가 있다. 하지만 최고의 갑질은 법에 절대로 걸리지 않는다. 그러면서도 사람을 반쯤 미치게 만든다. 그런 게 어떻게 가능하냐고? 나도 그런 갑질이 가능할 거라고는 상상도 못 했다. 직접 당해보기 전까지는.

2019년에 어떤 프로젝트에 들어갔을 때의 일이다. 당시 인력 부족으로, 나는 처음으로 내 직무가 아닌 PMO* 역할을 맡게 되었다. 프로젝트가 시작되기 전의 내 주된 업무는 프로젝트를 수주하기 위해 PM**과 함께 고객에게 제출할 제안서를 준비하는 것이었다. 고객이 제안서를 보고 우리 회사와 계약을 하면, 프로젝트에 PM과 같이 들어가서 전체 일정을 관리하고 여러 문서를 취합해서 보고하는 등의 일을 하면 되었다. 그래서 그 첫 단계로 PM과 함께 제안서를 쓰면서 프로젝트를 준비했다.

그런데 제안서를 작성하던 중 이상한 소문을 들었다. 내가 일하는 IT분야 시장에는 좋지 않은 의미로 유명한 3대 고객이 있다는 것, 그리고 그중 한 명이 우리가 제안서를 제출할 고객사의 일원이라는 것이었다. 대체 어느 정도기에 3대 고객이라는 말이 생기기까지 했는지 호기심이 들기도, 두려움이 들기도 했다. 그리고 어느덧 제안서 작성을 마감했고, 곧이어 고객사에 방문해서 발표하는 날이 되었다.

발표는 PM이 하는 것이지만, 나도 같이 고객사를 방문하여 프레젠테이션을 위한 PC 세팅을 하는 등 발표를 도왔다. 발표가 끝나고 질의응답 시간이 되었다.

* Project Management Object의 약자로 프로젝트를 관리하는 스태프를 뜻한다.

** Project Manager의 약자로 프로젝트 전체를 총괄하는 사람을 지칭한다.

"질문이 있습니다."

질문이 있다며 입을 연 고객은 곧이어 다음과 같이 말했다.

"지금부터 제가 질문할 테니까 '예' 또는 '아니오'로만 대답하세요."

나는 귀를 의심했다. 아무리 자기가 고객이라지만 저렇게 강압적인 태도로 질문을 던지는 사람은 본 적이 없었다. 하지만 회의실 안 다른 고객들은 익숙한 일이라는 듯 별다른 반응이 없었다. 발표하러 혹은 도우러 온 우리 회사 사람들만 당황하고 있었다. 그 고객은 우리의 반응 따위는 아랑곳하지 않고 질문을 던졌다.

"지금 보면 두 가지 방법 중에 2번 방법을 선택했는데, 1번 방법도 되긴 하는 거 아닙니까? 2번 방법을 고른 건 1번 방법을 못 해서입니까?"

그러자 PM이 그 질문에 대답했다.

"1번 방법이 안 되는 것은 아니지만 그건 너무 제한적인 상황에서 가능한 것이고, 시간상 위험도 있…."

PM의 말이 채 끝나기도 전에 말을 싹둑 자르고 다시 질문이 들어왔다.

"아, 됐고, '예', '아니오'로만 대답하세요. 못 해서 그런 거 아닙니까? 할 수 있어요?"

"아니 그게…."

"할 수 있어요, 없어요? 1번으로 하라 그러면 할 겁니까?"

"그렇게 말씀하시면 1번으로는 못 하죠…."

"그럼 못 하는 거네요? 알겠습니다."

어처구니가 없을 정도로 무례하기 짝이 없는 태도였다. 그리고 나는 바로 알았다.

'저놈이 바로 소문의 그놈이구나.'

그 뒤의 질문도 저런 식으로 이어졌고, 제안 발표는 그렇게 끝이 났다. 나는 그 잠깐 진행된 발표에서의 분위기만으로도, 우리가 선정되어 저들과 계약하면 매우 쉽지 않은 프로젝트를 하게 될 것임을 직감했다. 그래서 나는 마음속으로 간절히 우리가 선정되지 않기를 빌었다.

하지만 내 바람과는 다르게 고객사는 결국 우리 회사를 선택했고, 나는 프로젝트에 투입되었다. 슬픈 예감은 빗나가지 않는다더니 역시나 상상을 초월하는 갑질이 본격적으로 시작되었다.

프로젝트는 첫 주차부터 쉽지 않았다. 프로젝트를 들어와서 보니, 프로젝트를 위해 넘겨받았던 기존 데이터가 하나도 맞지 않았다. 어쩔 수 없이 우리는 데이터를 다시 정비하느라 매일 야근했고, 데이터 정비 후 나온 결과를 보니 터무니없이 인력이 부족했다. 부랴부랴 있는 돈 없는 돈 다 쥐어짜서 인력을 구해야 했다.

그 와중에 고객사 프로세스에 맞춰서 문서들을 만들어달라는 둥 요구가 넘쳐났다. 고객사는 없던 프로세스까지 원래 있던 것처럼 꾸며서 우리에게 문서를 요구했고, 문서를 가져다주면 문서 브리핑으로 밤 10시, 11시까지 야근시키기 일쑤였다.

일을 하려면 계획서를 만들고 일의 결과를 정리한 문서를 만들고 그걸로 결과 보고서를 만들어야 했다. 그렇게 많은 문서를 만들었음에도 별거 아닌 꼬투리를 잡아서 마음에 들지 않는다며 퇴짜를 놓기 일쑤였고, 설령 통과되더라도 다시 브리핑하며 야근해야 했다.

요구사항도 계속 바뀌었고, 그 와중에 사람 속을 긁어놓는 발언은 덤이었다.

"그 회사는 일을 이딴 식으로 해요? 잘하는 줄 알고 계약했는데 못쓰겠네, 못쓰겠어."

사람들의 스트레스는 극에 달해갔다.

교묘한 갑질은 다양한 방법으로 계속되었다. 시스템에 접속해서 일해야 하는 사람에게는 접속 패스워드를 알려주지 않았다. 시스템에 접속해야 한다고 요청하면, 그때마다 우리가 프로젝트를 진행 중인 건물에 와서 본인 손으로 직접 패스워드를 입력해주었다. 필요할 때마다 바로바로 와서 접속해주면 그나마 일이 수월하게 흘러갔겠지만, 접속이 필요하다고 연락하면 온종일 보이지 않다가 퇴근 직전에나 와서 패스워드를 입력해주는 일이 다반사였다. 덕분에 시스템 담당자는 강제로 야근할 수밖에 없었다.

3개월이 채 지나지 않아 프로젝트 인원들은 모두 스트레스와 피로가 극에 달했다. 모듈별 담당 컨설턴트들은 프로젝트를 그만두고 나가겠다며 난리였고, 부랴부랴 급하게 충원한 인력과 인력을 보내준 협력업체에서는 업무 과중이라며 항의했고, PM과 나 또한 극심한 스트레스에 시달렸다.

그러던 중 사건이 하나 터졌다. 그날도 나는 출퇴근 시간을 입력하기 위해 회사 시스템에 접속했다. 회사 게시판에 새로운 이벤트가 올라온 것이 보였다. 고객사에서 일하느라 고생인 사람들에게 간식 차를 보내주겠다는 이벤트였다. 댓글로 자신이 속한 프로젝트 혹은 팀에서 간식 차를 받아야 하는 이유를 남겨주면 10곳을 선발해서 1곳은 간식 차를, 나머지 9곳은 간식 박스를 보내준다는 내용이었다. 프로젝트에 지쳐 있던 나는 무언가 홀린 듯이 댓글을 달았다.

'모 프로젝트에서 우리 프로젝트원들이 말도 안 되는 고객의 갑질에 많이 힘들어하고 있습니다. 이렇게나 열심히 프로젝트를 수행 중인 동료들에게 간식 차를 선물해주고 싶습니다.'

그리고 다음 날, 내가 쓴 댓글은 추천 수가 무려 100이 넘어가고 200을 향해 달려갔다. 전날 우연히 내 댓글을 본 팀 내의 모 부장이 프로젝트 이름을 보고선 프로젝트에 투입된 사람 중 그런 댓글을 달 만한 사람은 나뿐이라는 것을 추리해냈다. 그러고는 나에게 메신저로 '너지?'라고 물어보았고, 나는 '네'라고 솔직하게 대답했다. 그러자 그 부장은 팀 전체에 메일을 돌렸다.

'모 프로젝트에서 다들 많이 힘든 것 같은데 간식 차라도 받

을 수 있도록 다들 추천 한 번씩 눌러주시기 바랍니다.'

그 덕분에 내 댓글이 무수한 추천을 받아 베스트 댓글이 된 것이었다. 그 결과 이벤트 담당자는 곧 내가 속한 프로젝트에 간식 차를 보내주겠다며 연락을 취해 왔다. 여기까지만 보면 사건이랄 것도 없이 훈훈한 얘기일 뿐이지만, 이 이벤트는 곧 생각지도 못한 방향으로 흘러갔다.

우리 회사 직원 중 한 명이 내가 투입된 프로젝트의 고객사에 다니는 배우자를 두었고 배우자에게 '당신네 회사가 그렇게 심하게 갑질을 한다는 글이 올라왔다'라고 말한 것이다. 그 얘기를 들은 배우자는 다음 날 이 사실을 회사에 얘기했고 이 내용은 위로 타고 올라가서 고객사 임원의 귀에까지 들어갔다.

결국 심기가 불편해진 임원은 간식 차가 오지 못하게 했고, 프로젝트를 담당하는 고객사의 부장에게 즉시 사태를 수습하고 조치하라고 지시를 내렸다. 이 얘기를 전해 들은 PM은 매우 난감해했다. 그 옆에 있는 나도 '괜히 내가 이런 짓을 해서 프로젝트에 피해가 가는구나' 하는 생각에 마음이 편치 않았다. 그래서인지 우리를 담당하는 고객사 부장과 면담 자리를 가졌을 때, 우리는 모두 한마음 한뜻이 되었다. 최대한 조용히 덮고 넘어가기로. 그렇게 일은 일단락되는 듯했다. 하지만 거친 파도는 한 번 더 밀려왔다.

이벤트와는 별개로 댓글에 회사 직원들이 갑질을 당하고 있다고 쓰여 있으니, 본사에서 실태를 조사하러 나온 것이었다. 심지어 때마침 그때는 직장 내 괴롭힘 방지법이 막 시행되던 시기라 본사에서도 민감하게 반응했다. 이 사태에 우리는 다시 한번 고민을 한 끝에 본사에서 파견된 조사원에게 갑질에 대해 솔직하게 얘기했다. 현재도 갑질은 계속되고 있다고도 말했다. 하지만 더 견디기 힘들면 우리가 먼저 본사에 알릴 테니 그때까지는 윗선에 보고하지 말고 기다려달라고 했고, 조사원도 그렇게 해주기로 약속하며 이 일은 조용히 마무리되었다.

그 후로도 몇 달간 우리는 모두 굉장한 스트레스에 시달리며 프로젝트를 진행했다. 심지어는 극심한 스트레스에 휴대폰을 꺼놓고 연락 두절(!)이 된 사람도 있었다. 그렇게 하루하루 버티면서 마침내 프로젝트를 완료하고 고객사를 나왔다.

프로젝트가 끝나고 시간이 어느 정도 흐른 뒤인 요즘에도, 그 당시의 프로젝트원들과 종종 술자리를 가진다. 그럴 때마다 다행히도 우리는 웃으면서 그 시절을 얘기하곤 한다. 이미 다 지나서 나름의 추억이 된 것처럼 말이다. 하지만 마지막엔 다들 입을 모아 이렇게 얘기한다.

"거기 진짜 지옥 같았지. 갑질도 그런 갑질은 처음 당해봤어. 다시는 그 회사 근처에도 가고 싶지 않아."

"일단은 베껴!"

컨설턴트라고 하면 보통은 사람들 앞에서 멋지게 발표(프레젠테이션)하는 모습을 떠올릴 것이다. 물론 나도 회사에 지원할 때는 그런 모습을 상상했다. 하지만 그 기대는 보기 좋게 빗나갔다.

실제로 고객 앞에서 우리가 생각하는 그런 모습으로 발표를 하는 건 PM 직무를 수행할 수 있는 부장급뿐이다. 가끔 차장급도 발표를 하지만 그리 많지는 않다. 사원, 대리가 고객 앞에서 발표할 일은 거의 없다고 봐도 좋다. 발표를 하는 건 PM 한 사람뿐이지만 그 발표 자료는 여러 컨설턴트가 모여서 만든다. 이 자료를 소위 '제안서'라고 한다.

보통 프로젝트는 고객의 요청으로 시작된다. 고객이 원하는 프로젝트가 있다면 제안 요청서라는 것을 만들어서 다양한 업체의 영업 사원에게 전달한다. 그리고 각 업체는 그 제안 요청서에 나온 요구 조건대로 제안서를 만든다. 그렇게 만든 제안서를 가지고 고객 앞에서 발표하면, 고객은 그걸 보고 한 업체를 선정해서 계약한다. 그렇게 계약이 완료되면 곧 이어서 프로젝트가 시작된다.

나는 첫 제안서를 대리 2년 차 때부터 썼다. 사람마다 제안서를 쓰게 되는 시기는 다양하다. 사원 때부터 제안서를 쓰는 사람이 있는 반면, 늘 프로젝트를 수행하러 다니느라 바쁜 사람은 과장 때까지 제안서를 쓰지 못하기도 한다. 나에게는 딱 그 중간 정도 시기에 제안서를 쓸 기회가 왔다.

제안서를 쓰기 위해서는 제안팀이 꾸려지는데, 보통은 해당 고객사와 향후 계약이 이루어졌을 경우를 대비해, 계약 후 실제로 프로젝트에 들어갈 사람 위주로 꾸려진다. 하지만 당시 해당 고객사에 들어갈 인원이 다른 프로젝트로 바빴기에, 대신 내가 들어가게 되었다.

제안서를 쓸 때는 일단 목차를 만들고 파트를 나눈다. 각자 수행 중인 직무가 다르므로 직무에 맞춰서 내용을 맡는다. 나는 기술 컨설턴트였기 때문에, 그 부분과 관련된 파워포인트 페이지를 만들도록 배정받았다. 하지만 내가 몸담은 그룹은 최소 3가지 이상의 직무로 나뉘어 있었기 때문에, 내가 맡은 부분은 나와 그다지 관련이 없는 기술이었다. 그래도 기술이 주력이 아닌 (프로세스가 주력인) 컨설턴트들보다는 나을 테니 내가 맡게 되었다.

잘 모르는 사람들과 '제안실'이라는 이름의 회의실에 옹기종기 모여 온종일 문서를 만들어야 했다. 첫 제안서 작성인 데다가 심지어 내가 모르는 생소한 분야였기 때문에 모든 게 낯설었다. 이에 나는 제안실에서 나와 선배 P 부장을 찾아갔다. 제안서 작성 요령을 물어보기 위해서였다. P 부장은 별일 아니라는 듯 말했다.

"아 일단 네가 쓸 내용이 뭔지 윤곽만 잡아봐."

"윤곽만요?"

"어, 내용을 뭘 쓸지 세세하게 다 정할 필요는 없고, 대충 '나는 이런 내용을 쓸 거야'까지만 정하면 돼."

이해가 잘되지는 않았지만 그다음에는 어떻게 해야 하는지 물었다.

"정하면, 그다음에는요?"

"그다음에는 예전 제안서들을 뒤져. 최대한 비슷한 프로젝트로. 그러고는 그 제안서 안에서 네가 쓸 내용과 비슷한 페이지를 찾아내거나, 네가 쓸 내용을 잘 담을 수 있을 것 같은 모양의 페이지를 찾아."

"찾은 다음에는…?"

"뭐 어려울 거 있나. 베껴."

베끼라고는 했지만, 사실 그대로 베낄 수 있는 것은 별로 없기 때문에 실제로는 베낀다기보다는 참고하는 것에 가깝다고 했다.

일단 우리 회사에서 만든 과거 제안서들을 뒤져서 최대한 끌어다 쓸 수 있을 법한 페이지를 솎아내 가져오는 것이 먼저였다. 그리고 그 페이지들의 내용과 모양을 참고하여 지금 제안에 맞게 작성하면 되었다. 가끔은 도저히 적당한 페이지가 없을 때도 있는데, 그땐 내가 직접 머리를 쥐어짜내 새로운 형식의 페이지를 만들면 되었다. 물론 그렇게 만든 페이지가 제안서에는 이골이 난 제안팀의 부장님들 눈에 찰 리가 없으니 늘 퇴짜 맞기 일쑤였다. 그렇게 몇 날 며칠을 제안실에 모여 제안서를 쓰다 보니 나중에는 내가 쓴 페이지의 내용을 달달 외울 정도였다. 정신이 혼미해질 때쯤 제안서 작성이 완료되었다. 그렇게 나의 첫 제안 작업이 끝났다.

그날을 시작으로 종종 제안 작업에 들어갔다. 한번 제안 작업을 해보고 나니 자신감도 붙고 요령도 생겼다. 가끔은 기존 문서에 마음에 드는 페이지가 없어 직접 빈 페이지에 하나부터 열까지 다 내 힘으로만 작성하기도 했다. 시간이 지나 그때 만든 내 페이지를 보고 누군가 베껴서 만든 제안서를 볼 때면 뿌듯하기도 했다. 그렇게 나는 제안서 작성 초보 딱지를 떼어갔다. 하지만 K 부장과 제안 작업을 한 이후로는 여전히 나는 초보 딱지를 떼기에는 부족하다는 생각이 들었다.

K 부장과의 제안 작업은 다른 제안 작업과 마찬가지로 이루어졌다. 고객의 제안 요청서를 받고, 목차를 만들고 각자 할 당량을 배정하고. 그런데 평소와 살짝 다른 부분이 있었다. 고객과 계약하면 보통은 제안 작업의 PM이 실제 프로젝트를 수행할

때도 PM의 역할로 투입된다. 다만 이번 프로젝트에서는 고객과 계약하게 되면, PM의 역할을 맡아야 하는 K 부장이 PM으로서는 처음으로 일하게 된다는 것이 달랐다. 그래서인지 제안 작업에 다른 사람들에 비해 더 많은 공을 들였다. K 부장이 나에게 요구하는 페이지의 품질은 매우 높았다. 그렇기에 다른 제안서에서 베낀 페이지들은 가차없이 기각되었다. 번번이 퇴짜를 놓기는 했지만, 그때마다 본인이 발표할 때 어떤 내용으로 어떻게 전달하고 싶은지를 설명해주었다. 심지어 어떤 형식의 페이지를 만들면 좋을지 직접 그림으로 그려서 설명해주었다. 그렇게 2주에 걸쳐서 제안서를 작성했고, 완성된 제안서는 무려 140여 페이지에 달했다.

그 이후에도 K 부장과 같이 제안 작업을 하게 된다거나 문서를 만들 일이 종종 생겼다. K 부장은 그때만큼 세세한 지시를 내리지는 않았다. 대신 다른 방식으로 이야기했다.

"제호야, 전에 우리 OO사 제안서 보면 전체 문서의 한 1/3 정도쯤에 우리 전략 3개를 하나로 합쳐서 원형으로 만든 페이지가 있어. 그거 보고 그거처럼 만들어봐."

그때 만든 제안서의 어디에 무엇이 있는지 다 기억하고 그걸 바탕으로 지시를 내리는 것이었다. 그야말로 경이로운 기억력이 아닐 수 없다. 그런 K 부장을 보며 감탄하기도 했고, 한편으로는 여전히 나는 갈 길이 멀었다고 느꼈다. 그리고 생각했다.

'회사생활 하면서 저런 부분은 K 부장을 본받아야겠다. 근데 나는 K 부장처럼 제안서를 만들 때 다른 걸 참고하지 않고 새로운 걸 창조해낼 능력도 없고, 만들었다고 해도 그걸 다 기억할 만한 기억력도 없는데 어떡하지? 음…. 그럼 나는 다른 사람이 만든 제안서에서 어느 부분을 참고하면 될지 빠르게 찾는 능력을 기를까?'

못난 김대리는 오늘도 이렇게 꼼수만 늘어간다.

✦ 12:00 p.m. 낀대리의 점심시간 ✦

그래도 아직은 회사 다닐 만해요

취미가 통기타라고 한 애 누구니?
저, 접니다
?
????

인기남(?)은 괴로워

2017년 여름, 나는 회사에 휴직계를 냈다. 상병 휴직(질병 치료를 위한 휴직)이었다. 여러 프로젝트를 거치며 각종 스트레스와 수면장애로 내 몸은 한없이 망가졌다. 체중은 이미 많이 빠져 있었다. 잠을 제대로 자지 못해서 늘 신경이 날카로운 상태이거나, 수면제와 안정제, 항우울제를 먹을 때는 약 기운에 몽롱한 상태였기 때문에 제대로 된 판단을 못 하곤 했다. 거기에 불안장애도 겹치는 바람에 옆에서 조그마한 소리만 나도 소스라치게 놀라곤 했다. 결국 이대로는 도저히 살 수 없겠다고 생각한 나는 회사에 휴직계를 냈다. 그리하여 3개월간 회사를 쉬게 되었다. 8월에 휴직을 시작했고, 3개월이 지난 11월에 회사로 복직했다.

복직하기 전날 나는 머리를 단정히 하러 미용실에 들렀다. 분명히 단정히 하러 방문했다. 하지만 들어가서 자리에 앉고 미용사가 나에게 물었을 때 나도 모르게 불쑥 이상한 말이 튀어나왔다.

"늘 하시던 대로? 투블럭 3밀리? 옆에 3밀리로 미는 거 맞죠?"

"오늘은 염색도 한번 해볼까 해요."

지금 다시 생각해봐도 저 때의 내가 무슨 생각이었는지는 알 수가 없다. 어쨌든 미용사는 염색할 수 있는 색이 가득 담긴 견본책을 가져와서 어떤 색으로 할지 물어봤다. 그리고 나는 충동적으로, 늘 상상만 해오던 색을 골랐다. '애쉬 카키 브라운.' 지금 휴대폰을 들고 저게 어떤 색인지 검색해보면 아마 깜짝 놀랄지도 모른다. '이런 머리 색을 하고 회사에 출근하겠다고?'라면서 말이다. 내가 어떤 일을 하는지 대강은 알고 있던 미용사도 놀라서 되물어보았다. 정말로 저 색으로 할 것인지, 회사에서 문제는 없을지 그리고 저 색을 내려면 탈색을 두 번이나 해야 하는데 정말로 괜찮은지. 나는 마치 영화 〈타짜〉의 곽철용이 "묻고 더블로 가!"라고 말한 것처럼 당당하게 말했다.

"탈색 두 번이요? 까짓거 해보죠!"

그렇게 변신한 나는 미용실을 나오자 급격하게 현실로 돌아왔다. 당장 다음 날이 출근인데 내가 지금 머리에 무슨 짓을 한 건지 혼란스러웠다. 어쨌든 이미 저질러버린 이상 돌이킬 수 없었다. 그렇게 다음 날 회사로 향했다.

오랜만에 회사 1층 로비에 들어섰다. 그러자 사람들이 나를 힐끔거리는 것이 느껴졌다. 사람들의 시선을 뒤로하고 게이트에 사원증을 찍고 들어가 엘리베이터를 기다렸다. 사람들의 힐끔거리는 시선이 아까보다 더 느껴졌다. '설마 했는데 우리 회사 사람이었네??'라고 생각하는 듯했다. 엘리베이터를 타고 올라가서 출입문을 열고 그룹장이 근무하는 자리로 향했다. 나를 본 그룹장은 눈이 동그랗게 커졌고, 할 말을 잃은 듯했다. 그리고 조심스레 말문을 열었다.

"제호 대리, 오랜만… 이네…?"

"안녕하세요."

그리고 다시 말문이 막혔는지 조용해졌고, 시선은 계속 내 머리로 향해 있었다. 잠시 침묵이 흐른 후 그룹장이 말을 이었다.

"머리는… 왜 그렇게 했어??"

"기분전환으로요."

"음…. 그래. 일단은 빈자리 아무 데나 앉고… 이따가 얘기하자."

그룹장의 말대로 일단은 빈자리에 앉았다. 휴직 동안 창고에 보관한 PC를 꺼내 와서 켠 다음 회사 포털사이트에 로그인했다. 이미 소문이 사방에 퍼졌는지, 로그인하자마자 메신저가 쉴 새 없이 울렸다. 내 주변 자리에 앉아 있는 그룹원들도 나에게 인사하며 머리에 관해 물어보았다.

'머리 왜 그래??', '아이돌 하는 거야 이제??', '회사 그만두는 거야??', '로또 된 거야??'

지나가는 사람들도 모두 내 머리를 힐끔힐끔 쳐다봤다. 내 머리를 슬며시 보고 간 사람들은 모두 마치 짜기라도 한 듯이 그들 주변의 우리 그룹 사람에게 가서 조용히 나에 관해 물어보왔다.

오전 시간이 지나고 점심시간이 되어 지하 식당으로 내려갔다. 회사 본사는 30층짜리 건물 2동으로 이루어져 있어서 무려 몇천 명이나 되는 직원이 근무하고 있었다. 그 많은 직원이 점심시간에 모두 지하 식당으로 밥을 먹으러 내려오니, 회사 지하 식당은 늘 문전성시를 이뤘다. 그 때문에 나를 힐끔힐끔 쳐다보는 시선은 그날 점심시간에 정점을 찍었다. 눈치가 전혀 없는 사람이 아닌 이상 사람들이 나에게 보내는 시선을 적나라하게 느낄 수 있을 정도였다. 아무렴 어쩌랴. 그래도 나는 당당하게 회사 식당을 활보했다. 밥을 먹으러 가다가 우연히 연수원 시절 동기를 만나서 반갑게 인사도 나눴다.

"H야 안녕? 오랜만이다."

"어멋, 깜짝이야. 오빠 오랜만이네요. 머리 이쁘네."

참고로 나중에 동기 모임에서 H가 말하길, 멀리서 보는데 웬 미친놈이 머리를 희한하게 하고 왔기에, '우리 회사에도 저런 미친놈이 있나' 하고 생각했는데, 가까이서 보니 아는 사람이어서 많이 놀랐다고 한다.

그렇게 점심을 먹고 오후에는 오랜만에 만난 사람들하고 얘기도 하고 커피도 마시면서 보냈다. 그렇게 파란만장한 복직 첫날이 끝났다.

그리고 얼마 후, 탈색을 두 번이나 한 탓에 색이 오래가지 못하고 금방 빠져버렸다. 그 덕분에 머리는 탈색을 두 번 한 직후처럼 샛노래졌다. 몇 번 다시 염색하기도 했지만, 역시나 금방 색이 빠져버려서 포기하고 그냥 노란 머리로 다녔다.

이윽고 날씨가 점점 쌀쌀해지는가 싶더니 곧이어 미세먼지도 심해졌다. 그즈음의 나는 휴직을 기점으로 몸 관리를 본격적으로 하기 시작했기 때문에 미세먼지를 막기 위해 철저하게 마스크를 쓰고 다녔다. 코로나19가 성행한 후에야 마스크를 쓰고 다니는 모습을 흔하게 볼 수 있지만, 그 전에는 흔치 않았다. 심지어 나는 열심히 인터넷을 뒤져서 그 당시에는 희귀했던 검정 마스크를 구해 쓰고 다녔다. 그 덕에 더더욱 사람들 눈에 띄었다. 회사에 개나리처럼 샛노란 머리를 하고 검정 마스크를 쓰고 사나운 눈매를 한 사람이 다니는 것을 상상해보라. 그 정도면 눈에 띄지 않는 게 오히려 이상했다. 대신에 사람들의 뇌리에 어떻게든 각인은 확실하게 되었다. 타 부서에서 나를 찾는 사람이 방문하면, 그룹원들이 이렇게 대답해주었다.

"아 개요? 제 자리에서 3칸 옆에 머리 노란 애예요."

심지어 그룹 내 티타임 때 어떤 선배는 이렇게 물어보기도 했다.

"제호야, 머리… 는 색을 왜 그렇게 한 거고 마스크는 왜 그런 걸 쓰고 다니는 거야?"

"왜요??"

"다들 물어보고 싶은데 못 물어보고 있어서 내가 대표로 물어보는 거야."

"머리… 는 저도 왜 그렇게 했는지 모르겠어요. 그냥 복직 전날에 충동적으로 한 거예요. 마스크는 요새 미세먼지가 많아서 철저히 쓰고 있어요. 어릴 때부터 기관지가 약해서 잔병치레를 많이 했거든요. 흰색 마스크는 금방 더러워지는 게 보이기도 하고 검은색이 더 멋있으니까 이걸로 샀죠."

이렇게 사람들의 주목을 받으며 인기남(?)으로 한 달을 더 지냈다. 그쯤 되자 사람들의 시선과 관심이 조금은 불편해졌다. 무엇보다 조용히 숨어서 농땡이를 피우고 싶어도 너무 눈에 띄어서 그럴 수 없는 것이 제일 불편했다. 결국 내 머리는 다시 새까만 검정으로 돌아갔고, 그제야 사람들의 관심을 피할 수 있었다. 그런데 머리 색이 노란색에서 검은색으로 돌아오니 또 다른 부작용이 생겨버렸다. 가끔 사람들이 내 자리에 와서 두리번거리다가 나에게 물었다.

"그… 김제호라는 머리 노란 애는 어디 갔어??"

노란색은 아니지만, 당신 눈앞에 있습니다.

마음 맞는 사람과 일한다는 것

회사도 사람 사는 곳이다. 이 말인즉슨, 회사 밖과 마찬가지로 싫은 사람이 있는가 하면, 나와 상관없는 사람도 있다는 얘기다. 그리고 당연히 나와 잘 맞고 나를 좋아해주는 사람도 있다. 없다고? 그럼 얼른 이 책 덮고 이직 준비부터 하시길 바란다.

복직 후에 한동안은 본사에서 맡은 일 없이 놀았다. 부서에서는 내가 제때 복직할지 아니면 그대로 기간을 연장할지 알 수 없었기 때문에 인력계획에서 내 이름을 빼놓았기 때문이다. 덕분에 새로운 프로젝트가 생길 때까지 이것저것 잡다한 업무를 수행하며 지냈다. 그렇게 3개월 정도 지났을 무렵, 프로젝트가 하나 생겼다.

보통 프로젝트에 투입되면 본사에서 고객이 일하고 있는 고객사 건물로 근무지를 옮긴다. 일하기 위해선 고객과 소통해야 하기 때문이다. 그래서 고객사 건물의 위치에 따라 출퇴근 시간이 짧아질지 길어질지, 혹은 아예 장기 출장을 가게 될지가 결정된다. 공교롭게도 이 프로젝트의 고객사 건물은 무려 저 멀리 남해의 섬에 자리 잡고 있었다. 그 먼 곳에 가서 숙소를 길게 잡고 프로젝트를 해야 하나, 아예 월세를 살아야 하나 고민이 깊어만 갔다. 그러던 중 다행히도 시스템 관련 업무를 하는 사람은 굳이 고객사 건물로 출근하지 않고, 그냥 본사 건물 5층에서 원격으로 프로젝트를 수행하기로 결정되었다.

입사 이래로 처음 본사에서 프로젝트를 하는 행운을 맞은 나에게 곧이어 한 번 더 행운이 찾아왔다. 나와 같은 업무로 선배가 무려 두 명이나 들어왔다. 심지어 그 선배들은 부서 내 에이스인 Y 과장과 J 차장이었다. 첫 프로젝트 이후 5년 만에 막내로 일하게 되었는데 (우리 팀에서는 책임질 일이 없는 막내 포지션이 제일 좋은 포지션이다) 심지어 위에는 에이스 선배들이 온다고 하니, 못해도 로또 3등에 당첨될 정도의 행운이 찾아온 셈이 아닐까 싶었다.

그렇게 시작된 프로젝트는 처음부터 역할 분담이 자연스레 잘 이루어졌다. 고객이나 위쪽과의 협의, 보고는 모두 J 차장이 맡았고, 메인이 되는 기술 업무는 Y 과장이 맡았다. Y 과장이 먼저 기술적 토대를 닦아서 가이드를 만들면 그걸 바탕으로 내가 일을 처리해나갔다. 그렇게 일은 전혀 막힘없이 진행되었다.

그러던 어느 날 시스템에서 이상 현상을 발견했다. 그때 우리는 고객사의 시스템을 최대한 빨리 업그레이드하기 위해 테스트를 진행 중이었다. 열몇 번 정도 예행연습을 하면서 시스템을 최적화하는 중이었다. 덕분에 이미 업그레이드에 걸리는 시간을 꽤 많이 단축한 상태였다.

"차장님, 그래프가 이상한데요??"

업그레이드 중에는 업그레이드용 툴을 통해서 업그레이드가 어느 정도 속도로, 얼마만큼 진행되었는지 선형그래프로 볼 수 있다. 평소처럼 그 그래프를 보고 있는데 그래프의 기울기가 눈에 띄게 완만해진 것이 보였다.

"이상하다고?? 어디가??"

"여기 보시면 그래프 기울기가 너무 완만해요, 막대그래프로 변환시켜서 보면 막대 사이에 편차도 너무 크고요."

J 차장도 이상을 감지했다.

"저대로면 작업 끝날 때까지의 예상 시간이 얼마나 돼?"

부랴부랴 컴퓨터의 계산기를 켜고 머리를 굴려가며 계산해 보았다. 충격적인 결과가 도출되었다.

"11만 시간이요."

"아니, 지금까지 오래 걸려도 20시간이면 끝났는데 어떻게 하면 11만 시간이 되지?? 일단 더 이상 진행하지 말고 다 멈춰. 원인이 뭔지 찾아야 해."

실제 업그레이드 날까지 불과 한 달 정도밖에 남지 않은 시점이었다. 서버 내의 모든 로그를 뒤적거리면서 원인을 분석하기 시작했다. J 차장, Y 과장, 나 셋이 모두 달려들어 원인을 찾고 각자 가설을 내세우며 토론했다. 서버를 들여다보고 가설을 화이트보드에 쓰면서 설명하고 그걸 들은 나머지 사람들은 반박하기를 반복했다.

그런데 가만 보니 상황이 조금 묘하게 돌아가고 있었다. 사실 되게 심각한 상황임에도, 다들 전혀 초조해하거나 감정이 요동치지 않았다. 우리 셋 모두 기술적인 의견 나누기를 좋아했고 셋이 머리를 맞대고 고민하면 원인과 해결책을 찾을 수 있다는 것을 전혀 의심하지 않았기 때문이었다. 이때까지 나에게 일은 일일 뿐이고 업무에 예상치 못한 차질이 생기는 것은 극도의 스트레스로만 받아들여졌다. 하지만 마음 맞는 사람들과 일하니 업무상의 차질이 스트레스라기보다는 게임 도중에 나오는 미션처럼 느껴졌다. 심지어 이 때문에 야근을 하다가 집에 가지 못하고 회사에서 다 같이 저녁을 먹어야 했음에도 즐겁게만 느껴졌다.

그렇게 나름 즐거운 시간을 며칠 보내고 나니 결국 문제의 원인을 파악했고 그에 따른 해결책도 나왔다. 소 뒷걸음질 치다가 쥐 잡은 격으로 우연히 내가 원인을 찾았는데, 선배들이 일을 잘한다며 칭찬해주어서 기분이 더욱 좋아졌다.

그 후 프로젝트를 계속 이어나가던 중 업무상 몇 가지 궁금한 부분이 생겼다. 그래서 선배들에게 물어보아 그에 대한 설명을 들었다. 그래도 이해가 잘 안 되었기에 좀 더 자세히 물어보았다. 그러자 J 차장이 나에게 말했다.

"그거는 너희 I 부장님이 더 잘 알걸? I 부장님한테 물어봐."

그 얘기를 듣고 I 부장에게 물어보기로 했다. 때마침 바로 다음 날 I 부장을 만날 일이 생겼다. 회사는 그즈음 평가 시즌이었다. I 부장이 나를 평가하는 1차 평가자였기 때문에 평가 면담을 위해 I 부장을 만나야 했던 것이다. 실제 평가 면담은 약 5분 만에 빠르게 끝났다. 평가가 끝나고, 이 기회를 빌려서 내가 궁금해하던 부분을 물어보았다. 그러자 I 부장은 성심성의껏 설명해주었다. 그렇게 궁금증을 해소하고 나오니 실제 평가 면담은 5분밖에 안 걸렸는데, 내 질문으로 인해 전체 시간은 40분 넘게 소요되었다. 다시 자리로 갔더니 선배들이 나에게 물었다.

"무슨 평가 면담을 거의 한 시간을 하고 와?"

"아, 간 김에 궁금했던 거 다 물어보고 왔어요."

"아니 누가 평가 면담에서 그런 걸 물어보냐. 너도 참 대단하다."

보통은 평가 면담에서 평가와 관련된 얘기만 하지 이런 얘기는 하지 않기 때문에 선배들이 매우 황당해했다.

사실 40분이 넘도록 얘기를 나누게 된 이유가 꼭 나 때문만은 아니었다. I 부장도 이런 기술적인 얘기를 너무 좋아하는 사람이라 내 질문을 내심 재밌어했고, 그래서 40분이 넘도록 성심성의껏 대답을 해준 것이었다. 그 증거로 며칠이 지나 I 부장에게 들은 얘기들이 헷갈려서 다시 설명해줄 수 있는지 메신저로 연락했더니, I 부장은 내가 있는 자리로 직접 찾아와서 화이트보드에 열심히 필기해가며 무려 1시간 넘게 세세한 것까지 다 설명해줬다. 친절하게 자세히 설명해주는 선배를 보는 일이 흔한 일은 아닌지라 나도 덩달아 신나게 강의를 들었다.

프로젝트가 끝나고 다시 저 때를 돌아보니 참으로 행운에 행운이 겹친 프로젝트였구나 싶다. 일도 잘하고 인망도 높은 선배들과 프로젝트를 함께하고 기술적 내용을 물어보면 열심히 잘 설명해주는 선배도 근처에 있었으니 말이다. 저 프로젝트 전에는 내가 하는 업무가 너무나도 싫었다. 부서도 너무 싫었다. 당연히 즐거움 따위는 있을 리 없었다. 늘 떠나고만 싶었고 스트레스만 받다가 휴직까지 했다.

하지만 이 프로젝트 이후로는 알게 되었다. 힘든 와중에도 회사생활을 나름 즐겁게 만들 수 있는 가장 중요한 요소는 업무나 부서가 아니라 마음 맞는 사람들이라는 것을.

로또만 되면 회사 관두고 만다
패가망신의 법칙

회사생활을 하면서 로또 한 번 안 사본 사람이 있을까? 짐작건대 그런 사람은 없을 것이다. 나도 그동안 로또를 무수히 많이 샀고 여전히 거의 매주 사고 있다. 회사 일이 힘든 주간에는 더더욱 시간을 내서 로또를 샀다. 그러고는 늘 결심했다. '로또만 되면 회사 관두고 만다.' 주변을 둘러보면 아예 매주 몇만 원어치씩 로또를 사는 사람도 있고, 연금 복권을 몇십 장씩 사는 사람, 틈만 나면 즉석 복권을 긁어보는 사람도 있다. 그만큼 그 사람들도 나처럼 회사를 그만두고 싶은 마음이 강하기 때문일 것이다. 그런데 이런 마음이 극에 달하면 가끔은 도를 지나치기도 한다.

2017년 휴직하기 직전, 나는 스트레스가 극에 치달았다. 그 당시 나는 꽤 큰 프로젝트에 들어가 있었다. 프로젝트 인원만 몇백 명에 달하는 규모였다. 그런데 이 프로젝트는 예상보다 일정이 많이 밀려 있는 상태였다. 그러자 위에서는 이 문제를 해결하기 위해 말도 안 되는 해결책을 내놓았다. 바로 야근과 주말 근무의 일상화. 어떻게든 일하는 시간을 늘려서 해결해보려 한 것이다. 물론 이런 방법이 잘 먹히는 분야도 있다. 제조업처럼 공장을 가동하는 회사는 근무시간이 곧 공장을 가동하는 시간이고 가동하는 시간과 생산량이 비례하기 때문에 이 방법으로 어느 정도 해결이 가능하다. 하지만 우리 회사는 IT 회사이기 때문에 업종의 특성상 일을 길게 한다고 해서 그에 비례한 성과가 나오지는 않았다. 잦은 야근과 주말 출근으로 인해 사람들의 집중력이 많이 낮아졌기 때문에, 오히려 성과는 계속 떨어지고 있었다. 거기에 더해 근무시간에 노는 모습을 보여줄 수 없다는 중간 관리자들 때문에 심지어 하지 않아도 될 일을 굳이 만들어서 해야 했다. 고난의 시작이었다.

주 평균 근무시간은 무려 70시간을 가볍게 넘어갔다. 아침 8시에 출근해서 저녁 9시에 퇴근하고, 주말은 일요일만 쉬거나 아예 못 쉬었다. 휴식 또는 여가 활동이라고는 퇴근길에 안주를 조금 사고 소주와 맥주를 사 들고 가서 30분 만에 빠르게 먹고 잠드는 것이 전부였다. 상황이 이렇게 흘러가니 머릿속이 퇴사 생각으로 가득차게 되는 데는 그리 긴 시간이 필요하지 않았다.

처음 생각한 방법은 회사를 그만두고 창업을 하는 것이었다. 내가 하는 일의 특성상 회사를 나가면 프리랜서로 전향하는 것이 일반적이었다. 하지만 성격상 프리랜서는 자신이 없었기 때문에 음식점을 하는 것이 어떨까 생각했다. 어릴 때부터 부모님이 음식점을 하시는 것을 옆에서 봐왔기 때문에 얼마나 힘들고 얼마나 어려운 일인지를 잘 알았지만, '그래도 지금보다는 낫지 않을까?' 하는 생각에 사로잡혔다. 투자금이나 세금, 계약 등의 현실적인 문제는 일단 제쳐두고 약간은 망상의 영역에서 사업을 구상했다.

"게장 음식점을 해야겠어요."

"게장? 갑자기 무슨??"

내 얘기를 들은 동기 W형이 놀라서 되물었다. 나는 형에게 게장 음식점을 어떻게 생각했고 어떻게 열 것인지 말했다.

"간장게장 음식점은 많은데 양념게장 음식점은 잘 없잖아요? 그래서 양념게장 음식점 하나 하면 좋을 것 같아요. 왜 양념게장이냐면 저희 어머니가 양념게장을 진짜 기가 막히게 만드시거든요. 그거 배워서 하려고요. 그 행주산성 같은 데 보면 차 없이 가기 힘든 위치에 모텔이랑 경치 좋은 카페, 백숙 파는 음식점 이런 거 다 모여 있잖아요? 불륜 커플들 오기 딱 좋게. 나도 그렇게 하나 하면 될 것 같아요. 모텔 하나 올려서 1층에서 게장을 파는 거죠. 와서 밥도 먹고 모텔 갔다가 가라고. 이게 또 보니까 조식 제공이 가능하면 호텔로 허가받을 수도 있대요. 어때요??"

내 어처구니없는 망상에 W형은 황당한 표정을 지으며 물었다.

"그… 어머니 게장이 그렇게 맛있어?"

"아, 그럼요, 한번 드셔보실래요? 아 그래야겠다. 사람들한테 맛이 어떤지 물어봐야겠네."

회사를 그만둘 수 있다면 뭐든지 할 것 같은 의지를 가졌던 나는 그날 바로 실행에 옮겼다. 퇴근 전에 노량진 수산시장에 전화를 걸어서 꽃게 한 상자를 예약했다. 퇴근하면서 꽃게를 찾아 그대로 어머니 가게로 향했다. 어머니는 당황하셨지만 부랴부랴 게장을 만들어주셨고, 며칠 뒤 나는 그 게장을 들고 회사로 향했다. 그리고 점심시간에 동기들에게 먹고 평가해달라며 게장을 나눠주었다. 결과는 대호평이었다. 이에 용기를 얻어 본격적으로 게장집을 구상하기 시작했다.

하지만 막상 미뤄놓았던 현실적인 문제들을 마주하니 회사를 그만두고 음식점을 할 용기가 나지 않았다. 내가 모은 돈을 토대로 계산해보니, 모텔은커녕 음식점을 차리기에도 빠듯했기 때문이다. 거기에 종업원 고용 문제, 내부 인테리어, 날음식을 팔 때의 리스크 등을 생각하다 보니 자연스레 게장 음식점을 하려는 생각을 접을 수밖에 없었다. 그렇다고 해서 회사를 계속 다니고 싶은 것은 아니었기에 다른 방향으로 눈을 돌렸다.

매우 낮은 확률로 적은 투자금 대비 초대박을 칠 수 있는 복권에 눈을 돌렸다. W형은 이미 로또와 즉석 복권을 종종 하고 있었기에, W형과 복권에 관해 얘기해보았다. W형이 말했다.

"제호야, 즉석 복권은 판매율이 홈페이지에 나오거든? 근데 판매율이 95%를 넘어가도 당첨자가 별로 나오지 않는 경우가 종종 있어. 그럼 그때 잔뜩 사들이면 당첨 확률이 꽤 될 거야."

"오, 그거 그럴싸하네요, 그럼 형은 즉석 복권만 해요?"

"아냐 연금 복권도 하지. 너 연금 복권 알아?"

"아, 들어보기만 했는데 연금 복권도 좋아요?"

"당연하지, 1등이 되면 좋은 건 두말할 것도 없고, 연금 복권은 맨 끝에 한 자리만 맞아도 천 원이 당첨되거든? 그럼 순서대로 이어진 번호 10개를 사면 무조건 천 원은 먹고 시작해."

W형의 설명을 들으며 점점 복권에 대한 환상에 젖어들었다. 이렇게나 당첨되기 쉬운 복권을 놔두고 주야장천 로또만 했다니 후회스럽기도 했다.

그때부터 W형과 매일 복권을 사러 갔다. 즉석 복권은 1,000원짜리와 2,000원짜리를 골고루 샀다. 1,000원짜리는 연달아 열 장을 사면 체감상 두 장 정도는 당첨됐기 때문에 무조건 열 장씩 샀다. 2,000원짜리는 무조건 두 개 한 세트로 샀다. 만약 그 두 개 중에서 한 개가 1등이라면 나머지 한 개도 무조건 1등이기 때문에 세트로 사야 1등에 당첨됐을 때, 수령금이 10억+10억으로 20억이 되기 때문이다. 그렇게 매일 몇만 원어치씩 복권을 샀다. 하지만 야속하게도 당첨률은 그리 높지 않았다. 1등은커녕 3등 근처에도 가보질 못했다. 하지만 어떻게든 회사를 그만두고 싶었던 나는 점점 더 광기에 차서 복권을 샀다. 심지어 1,000원짜리 복권의 판매율이 98%에 도달했음에도 1등 당첨복권 다섯 개 중에서 두 개가 아직 나오지 않았다는 것을 알고는, 여러 지역을 돌아다니면서 복권을 사 모으기도 했다. 하루하루 쓰는 돈은 그렇게 많지 않았지만, 월 단위로 계산해보면 꽤 많은 돈을 복권에 썼다. 한 달이 지난 시점에서 보니 당연히 복권으로는 별 재미를 보지 못했다.

하지만 여전히 회사를 그만두고 싶었던 나는 급기야 주식에 손을 댔다. 예전에 우리 회사가 상장할 때 공모주를 사기 위해서 만들어놓은 증권계좌가 있었다. 주식 거래 방법은 대충 알고 있었으니 바로 살 만한 종목을 검색했다. 최대한 빨리 돈을 벌 방법이 뭐가 있는지에만 관심이 있었다. 인터넷에 검색해보고 내린 결론은 '테마주를 하자'였다. 그때 한창 대선을 앞둔 상황이었기에 대선 테마주가 핫했다. 주식이라고는 아무것도 모르는 나였지만, 모르면 용감하다 했던가, 일단은 지르고 봤다. 그렇게 시작한 테마주의 주가는 점점 올랐고, 어느덧 수익률 +10%를 찍었다. 회사를 그만둘 기회라고 느낀 나는 있는 돈을 거의 다 털어서 추가로 매입했다.

그러던 어느 날, 갑자기 그래프가 꺾이기 시작했다. 그래도 나는 불안해하지 않았다. 그저 다시 오를 것이라 믿고 돈을 더 넣었다. '아직 선거일까지는 일주일이나 남았으니 괜찮아. 혹시 당선이라도 되면 더 오르겠지?'라는 생각에서였다. (주식을 조금이라도 아는 사람이라면 아마 코웃음을 칠 것이다.) 그렇게 나는 돈을 계속 쏟아부었고, 선거 당일까지 계속 내려간 주가는 선거가 끝나도 다시 올라올 기미가 없었다. 결국 누적 손실은 무려 석 달치 월급과 비슷한 정도가 되었다.

그때의 허탈한 감정은 그렇지 않아도 지쳐 있는 내 멘탈에 치명타가 되었고, 나는 더 이상 아무것도 할 수 없게 되었다. 그제야 게장 음식점-복권-주식으로 이어진 내 광기가 멈췄다. 그 직후 건강의 악화와 더불어 나는 휴직을 했고, 그렇게 패가망신의 길에서 겨우 벗어났다.

덧)

손해만 잔뜩 본 것 같은 이 시절에는 사실 숨겨진 이야기가 하나 있다. 돈을 벌고 싶어서 온갖 것에 손을 대던 나는 그 당시에는 거의 알려지지 않았던 '코인'에도 손을 댔다. 그런데 너무 등락이 심하고 24시간 신경이 쓰여 도저히 정상적인 생활을 영위할 수가 없었기에, 몇 달 지나지 않아 다 팔아버렸다. 그리고 나는 이 결정을 2018년 코인 열풍 때 땅을 치고 후회했다. 그 시점까지 가지고 있었다면, 못해도 그 돈으로 중형차 한 대 정도는 뽑았을 테니 말이다. 안 될 놈은 기회가 와도 안 되나 보다.

경영게임

입사 직후 연수원에서 연수받을 때의 일이다. 연수원은 신입사원을 대상으로 다양한 프로그램을 진행했다. 기초적인 비즈니스 매너부터 협동심을 기르기 위한 팀 과제나 장기자랑, 심지어 암벽 등반도 했다. 그중에 아직도 인상 깊게 남아 있는 프로그램이 하나 있으니, 이름하여 경영게임이다.

경영게임은 5인 1팀으로 이루어졌다. 1인당 1대씩 받은 노트북을 사용하는 게임으로, 팀별로 하나씩 회사를 맡아 경영하는데, 5명이 각각 CEO, 생산 담당, 주식 담당, 인사 담당, 재무 담당이 되어 회사를 이끌어나가면 되었다. 게임에 무작위성을 부여하기 위해, 게임 내 시간으로 매달 다양한 변수가 더해졌다. 전 세계적으로 불황이 온다거나 주식시장이 폭락한다든가 하는 등의 환경적 변수였다. 이에 맞춰 팀원 5명이 다음 달 회사 정책을 결정해서 잘 이끌어나가면 되었다. 여기에 더해 일정 금액을 정보 이용료로 지급하면, 지급한 액수에 따라 다음 달의 환경변화에 대해 조금 더 세세한 정보를 얻을 수 있었다. 이렇게 게임 내 시간으로 2년, 총 24개월 동안 회사를 운영한 후, 회사의 영업이익, 주주배당액, 직원 만족도 등을 통해 종합 스코어를 내고 이 스코어가 가장 높은 팀이 우승하는 게임이었다. 스코어를 떠나서 게임이 진행되는 중에 회사가 파산하면, 경제사범이라는 죄목으로(?) 목에 종이상자로 만든 칼을 차고 강당 한편에 마련된 임시 교도소로 이동해야 하는 규칙도 있었다.

게임 설명을 모두 듣고 보니 꽤 재밌어 보여서 기대가 많이 되었다. 게임의 시작은 점심 이후였기에 오전에는 반별로 팀을 짤 시간을 주었다. 내가 들어간 팀에서는 내가 CEO를 맡았다. 그때의 나는 꽤 (안 좋은 쪽으로도) 열정이 넘치고 (안 좋은 쪽으로도) 날카로운 사람이었기 때문에, 다들 자연스레 나에게 CEO를 맡겨주었다. CEO는 회사 전체의 전략을 결정할 수 있고, 다른 담당이 결정한 정책을 독단적으로 변경할 수도 있는 아주 막강한 권한을 가진 역할이었다. 반대로 얘기하면 CEO의 역할이 매우 중요했기에, 약간은 부담이 되었다.

마지막으로 팀명을 정할 차례였다. 바로 옆 팀에는 회사에 들어오기 전에 잠시 창업하여 휴대폰 게임을 만들던 동기가 있었다. 이 동기가 창업한 회사 이름이 '누드 망고'였기 때문에 그 동기가 속한 팀의 팀명도 '누드 망고'로 정했다고 했다. 그 팀과 우리 팀은 같은 반에 속해 있었기 때문에, 우리 팀도 그 팀의 이름을 따라서 팀명을 '누드 바나나'라고 지었다. 그렇게 경영게임이 시작되었다.

초반에는 팀별로 큰 차이가 없었다. 시작 상황은 모두 같았고 한동안은 별다른 변수가 없었기 때문이다. 그리고 잠시 후 세계적인 불황이 변수로 다가왔다. 여기서 우리 팀은 선택의 갈림길에 섰다. 전 세계적으로 불황이었기 때문에 땅값이 내려가기 시작했다. 땅을 사들여 공장을 확장하기에는 나쁘지 않은 상황이었다. 하지만 이 불황이 얼마나 오래갈지는 몰랐다. 적어도 이번 달에는 수익을 내기가 어려울 것으로 예상되었으며, 운이 나빠서 불황이 장기간 이어지면 파산에 이를 수도 있었다. 나는 잠시 숙고 후 결단을 내렸다. 일단 최대한 많은 정보 이용료를 내고 향후 반년간의 정보를 얻었다. 우리 팀이 얻은 정보는 경제학자들이 이 불황이 세 달간 이어진 후 다시 회복될 것으로 전망한다는 정보였다. 이를 본 나는 즉시 다른 담당들에게 최대한 비용을 절감할 것을 지시했다. 인사 담당은 신규인력을 뽑지 못하도록, 재무 담당은 대출을 더 받지 못하도록 했다. 그리고 주식 담당은 배당을 주지 않도록, 생산 담당은 생산량을 최대한 줄이도록 했다.

그렇게 두 달이 지나자 시장에서 우리 회사의 점유율이 급속도로 하락했다. 그런데도 마음을 다잡고 기다리면서 버텼다. 그리고 불황의 마지막 달, 나는 다시 결단을 내렸다. 인사 담당은 신규인력을 최대한 채용하도록, 재무 담당은 대출을 최대한 받도록, 생산 담당은 모든 자금을 들여서 공장 대지를 확보하고 공장을 짓게 했다. 하지만 주식 담당에게는 별다른 지시 없이 지금까지와 마찬가지로 주주들에게 배당하지 않도록 했다. 가뜩이나 점유율도 낮고 불황인 상황에서 이런 정책을 시행하자 회사는 바로 파산 위기에 처했다. 사태의 심각성을 느낀 재무 담당이 말했다.

"우리 다음 달에 수익 못 내면 바로 파산이야. 땅 사는 건 줄이거나 대출을 좀 줄이자."

하지만 나는 단호하게 말했다.

"아냐, 불황은 이번 달까지만이라고 했으니까 절대 파산하지 않아. 한번 질러보자."

그렇게 팀원들을 진정시킨 후 다음 달을 맞이했다. 그리고 불황에서 벗어난 시장은 다시 호황을 맞았다. 시장의 수요는 기하급수적으로 올라갔다. 허리띠를 졸라매고 있던 다른 회사들은 공장을 최대한 가동하더라도 수요를 따라갈 수 없었다. 모든 자금을 투자해서 공장을 확충한 우리 회사만이 사방의 수요에 겨우 대응했다. 전달에는 점유율이 4%에 불과했지만, 그달에는 순식간에 40%대로 치솟았다. 그리고 그다음 달에는 70%대로 올라가 막대한 이익을 뽑아냈다.

게임을 시작할 때부터 매달, 진행자가 방송을 통해 그달의 수익률 1위부터 3위까지 팀을 발표했다. 그리고 그 회사들이 어느 정도의 수익을 냈는지도 같이 발표했다. 당연히 지금까지는 우리 팀의 이름이 불릴 일은 없었다. 하지만 불황이 지나고부터는 1위 팀을 발표할 때마다 '누드 바나나'의 이름이 강당을 가득 메웠다. 압도적인 수익률이었다. 그 뒤로도 몇 번 위기를 겪었지만 이미 우리 팀을 따라올 팀은 없었다. 그렇게 게임 내 시간으로 24개월이 지난 후 종합 1위를 발표할 시간이 되었다. 진행자는 종합 1위를 발표하기에 앞서 수익률 순위를 먼저 발표했다.

"수익률 3위는 '○○○'!! 총수익액은 4,800억입니다!! 그다음 2위는 '□□□'!! 총수익액은 5,100억입니다!! 그리고 대망의 1위는…!!!! 누드 바나나!!! 무려 1조 800억의 압도적인 수익률입니다!!!"

우리 팀의 이름이 호명되자 우리 팀은 모두 환호했다. 나는 '이 정도로 압도적일 줄이야. 우리가 일등이구먼.' 하는 생각에 흐뭇하게 미소를 지으며 종합 1위 발표를 기다렸다. 그리고 잠시 후 종합 1위 팀이 발표되었다.

"자, 이런저런 것들을 계산해서 살펴본 결과, 종합 1위는…!!! 바로!!! 누드!!!"

이 순간 내 심장은 쿵쾅쿵쾅 난리가 났다. 그러나 잠시 후, 이어진 발표는 실망스러웠다.

"망고!!!!"

나는 당연히 우리 팀 이름이 불릴 것이라 생각했는데, 결과는 전혀 달랐다. 알고 보니 우리 팀은 수익률은 압도적으로 1위였지만 주주에 대한 배당과 환경문제에 대한 대처, 그리고 직원 복지에서 감점당해 종합 점수가 매우 낮았다. 어찌 됐든 게임은 이렇게 마무리되었고 결과가 정리된 리포트가 각 팀에 배부되었다. 아쉬운 마음에 리포트를 살펴보던 내 눈에 이상한 항목이 보였다.

'우리 팀에서 주주들에게 배당한 액수랑 여기 리포트 액수랑 차이가 나잖아…? 배당액이 너무 높게 나왔는데?'

우리 팀은 게임 내내 최대한 수익을 내기 위해 주주들에게 제한적으로 적은 액수의 배당만을 해왔다. 따라서 나는 언제 얼마만큼 배당했는지 다 기억하고 있었는데, 내가 알고 있는 배당액보다 더 많이 배당한 것처럼 쓰여 있었다. 의아함을 느껴서 팀원들에게 이 사실을 얘기했다.

"이거 스코어가 뭔가 잘못된 것 같은데? 우리 배당 거의 안 했는데 여기 보면 배당을 꽤 한 것처럼 나왔어."

그러자 주식 담당이 조심스럽게 입을 열었다.

"그거… 네가 사람들한테 배당을 너무 안 주기에… 내가 몰래 줬어."

"뭐라고??"

나 몰래 사람들에게 배당을 줬다는 주식 담당의 말에 놀라서 나도 모르게 큰 소리가 나왔다. 그리고 타이밍 좋게도 바로 이때, 게임 내내 순위를 알려주던 진행자가 우리 팀이 있는 곳으로 슬그머니 다가와서 말했다.

"너희 팀이 수익률은 어마어마하게 높은데 직원복지랑 주주 배당이 거의 꼴찌더라. 너무 악독하게 한 것 아니야?"

진행자의 말에 모든 팀원이 고개를 돌려 나를 쳐다보았다. 팀원들이 나를 바라보는 시선을 보니 그제야 정신이 들었다. 그리고 깨닫고 말았다. 경영게임을 하는 사이 나는 어느새 블랙 기업의 악마 같은 CEO가 되어 있었단 것을.

도토리만 모으고 있네

회사는 직원을 위해 각종 복지 혜택을 제공한다. 건강검진, 경조사비, 구내식당 등 여러 가지가 있다. 그중에서도 최고의 복지를 꼽으라면 어떤 걸 꼽을 수 있을까? 누군가 나에게 물어본다면 나는 단연 '자율출퇴근제'라고 하겠다.

2018년, 회사에 자율출퇴근제가 도입되었다. 기존에 자율출근제라고 해서 비스름한 게 있기는 했다. 자율출근제는 다음날 출근 시간을 6시, 7시, 8시, 9시, 10시 중에 하나 고르고, 그 시간에 맞춰 출근한 다음 8시간 근무하고 퇴근하는 제도였다. 그리고 출근 시간은 전날 회사 시스템에 들어가서 미리 바꿔놓아야만 했다. 반면 자율출퇴근제는 언제든 자유롭게 출근해서 하루 최소 근무시간인 4시간 이상만 근무한다면 언제든지 퇴근할 수 있는 제도였다. 덕분에 약속이 있는 날은 일찍 퇴근할 수도, 아이가 있는 사람은 아침에 아이를 어린이집에 데려다주고 출근할 수도 있었다. 또한 그달에 주어진 의무 근무시간만 채우면 되었기 때문에 야근 등의 이유로 의무 근무시간을 미리 채운 사람은 월말에 일찍 퇴근하여 여가를 즐길 수도 있었다. 그러다 보니 그 달의 근무시간을 미리 얼마나 채웠는지에 따라 남은 날들의 출퇴근 일정이 바뀌었다. 따라서 사람들은 월말에 일찍 퇴근하기 위해 최대한 미리미리 근무시간을 채웠다. 그렇게 근무시간을 미리 채우는 모습이 왠지 다람쥐가 겨울을 대비해 도토리를 모으는 것과 겹쳐 보여 사람들은 어느새 근무시간 채우는 것을 도토리를 모은다고 표현하기 시작했다.

처음 자율출퇴근제가 도입되었을 때 나는 그 제도를 마음껏 만끽했다. 기존에는 오전 8시에 출근에서 오후 5시에 퇴근하는 규칙적인 생활을 했다. 하지만 자율출퇴근제 도입 이후로는 눈이 떠지는 시간에 출근하고 집에 가고 싶은 시간에 퇴근했다. 그러다 보니 심리적으로 눈에 띄게 안정되어 갔고, 수면의 질도 올라가서 건강도 점점 좋아지는 듯했다. 하지만 그 대가는 곧 혹독하게 돌아왔다.

출근해서 8시간의 근무시간을 측정하는 방식은 매우 엄격했다. 회사 1층 게이트를 나가 있는 시간은 근무시간에 포함되지 않았다. 그러다 보니 너무 여유롭게 점심을 먹거나 나가서 커피 한잔 마시고 오면 그 시간이 모두 근무시간에서 제외되었기에, 근무시간을 채우는 것이 생각보다 더뎠다. 심지어 흡연자들은 담배를 피우기 위해 게이트 밖으로 나가서 꽤 멀리 있는 흡연 장소에 다녀와야 했기에 더더욱 근무시간을 채우기 힘들어 보였다. 나는 담배를 피우지는 않았지만, 멀리 맛집을 찾아가서 점심시간을 3시간이나 쓰기도 했고, 2시간 정도 병원 물리치료를 받고 오거나, 근처 코인노래방에서 1시간 동안 스트레스를 풀고 오기도 했기 때문에, 내 근무시간은 의무 근무시간에 한참 모자랐다. 그렇게 흥청망청 지내다 보니 어느덧 월말이 다가왔다.

월말이 다가오자 문득 불안해진 나는 근무시간을 계산해보았다. 계산 당일인 월요일을 포함하면 다음 달까지 고작 5일밖에 남지 않았었다. 근무시간 계산은 처음 해보는 거라 쉽지 않았지만 약간 끙끙거린 뒤에 나에게 남은 의무 근무시간을 알아냈다. 무려 50시간이었다. 5일간 하루 10시간씩 근무해야만 했던 것이다. 하지만 이미 그중 하루는 병원 진료를 예약해놓았기 때문에 10시간 근무를 할 수 없었고, 결국 그만큼 다른 날에 추가로 근무해야 했다. 계산대로라면 남은 5일 중 하루는 12시간을 근무해야만 했다. 의무 휴식 시간 1시간을 제외하면 무려 하루에 13시간을 회사 게이트 안에 있어야 한다는 말이었다. 여기에 생각이 이르자 과거의 나를 두들겨 패고 싶은 마음이 들었다.

어쨌든 근무시간을 채우기 위해, 다시 말하자면 도토리를 모으기 위해 최대한 버텨보겠다는 마음으로 자리에 앉아서 시간을 보냈다. 보통 이럴 때는 무언가 밀린 일을 하든가 아니면 앞으로의 일을 몰아서 한다든가 하는 식으로 시간을 보내면 됐다. 하지만 주 업무인 프로젝트가 끝나 본사에 복귀한 상황이었기 때문에 부서의 특성상 본사에서는 할 일이 그다지 없었다. 가끔 제안팀이 꾸려지면 제안서를 쓰거나 팀 내에 과제가 할당되면 문서를 만들거나 자료를 조사하는 정도가 내가 본사에서 하는 일의 대부분이었다. 그나마 가끔 팀에서 사용하는 서버를 정비하는 일이 추가되는 정도였다. 하지만 내가 회사에서 도토리를 모으던 시기에는 때마침 제안서를 쓸 일도, 과제도, 서버를 정비해야 할 일도 없었다. 결국 자리에 앉아서 휴대폰으로 웹서핑하거나 PC로 인터넷 쇼핑을 하고 회사 사람들과 메신저로 수다나 떠는 게 내가 자리에서 할 수 있는 일의 전부였다.

그렇게 꾸역꾸역 시간을 보내다 보니 어느덧 오후 5시가 되어 사람들이 하나, 둘 퇴근하기 시작했다. 메신저에서도 로그아웃하는 사람들이 대거 늘어났다. 그리고 6시경 그룹장도 퇴근하기 위해 자리에서 일어났다. 자리에서 일어난 그룹장의 시야에 내가 들어왔다. 자율출퇴근제 도입으로 인해 사람들의 퇴근 시간은 기존보다 더욱 빨라졌다. 따라서 보통 6시경이면 다들 퇴근하고 없으므로, 자리에 우두커니 앉아 있던 내가 그룹장 눈에 띄었을 것이다.

"제호 대리, 집에 안 가고 뭐 해?"

"… 근무시간을 못 채웠습니다."

"많이 못 채웠어? 얼마나 있어야 하는데?"

"하루 평균 10시간 정도 있어야 합니다."

"…."

그룹장도 할 말을 잃은 듯했다.

"그래 그럼 잘 있다가 들어가고, 나는 먼저 갈게."

그렇게 부서에 마지막 남은 사람인 그룹장마저 퇴근했다. 그리고 고요한 적막 속에 나 혼자 남겨졌다. 나는 자리에서 일어나 사람들 자리를 하나씩 돌아보기 시작했다. 사람들의 자리를 하나하나 둘러보면서 뭔가 재미있는 것이 있는지 관찰했다. 추리소설의 탐정 흉내를 내면서 자리를 살펴보고 자리의 주인이 어떤 사람일지 맞혀보며 돌아다녔다. 그렇게 한참을 돌아다니고 시계를 보니 겨우 6시 30분이었다. 정말 죽어라 시간이 가지 않았다. 다시 자리에 돌아와 PC를 뒤적거리며 할 게 없나 찾아보았다. 하지만 모두 퇴근했기에 대화할 사람도 없고, 회사 PC로는 들어갈 수 있는 인터넷 사이트가 제한되었기에 더 이상 할 수 있는 것이 없었다. 그렇게 거북이가 걷는 것처럼 느릿느릿 지나가는 시간을 겨우겨우 버티며 저녁 8시 정도에 회사를 나섰다.

너무나 지루한 시간을 보내고 퇴근했기에, 이제 겨우 5일 중에 하루가 지났다는 게 믿기지 않을 정도였다. 집에 가면서 결심했다. 다음 달에는 무조건 월초에 근무시간을 최대한 적립해서 다음 달 말에는 하루에 4시간만 근무하고 점심때 퇴근하는 꿀 같은 시간을 보내겠노라고. 하지만 그렇게 호되게 혼이 났음에도 역시나 나는 그다음 달에도 근무시간을 채우느라 월말에 또 늦게까지 남아 있었다.

그 뒤로 몇 년이 지난 지금은 계속 시행착오를 겪다가 아예 발상을 전환해서 이런 문제점을 해결해버렸다. 지금도 똑같이 월말에 남아서 의무 근무시간을 채우는 방식은 변하지 않았다. 대신에 반차를 사용하면 의무 근무시간이 4시간씩 감소한다는 점을 이용해서, 월말에 야근 대신 반차를 써 적당히 일하고 집으로 향한다. 분명히 이 부분에서 어이없어하는 직장인도 있을 것이다. 직장인에게 피 같은 연차 혹은 반차를 저런 식으로 낭비한다니 말이다. 하지만 당신도 일찍 퇴근한 다음 회사 앞에서 사람들 보란 듯이 쇼핑도 하고 낮술도 할 때 느껴지는 바로 그 짜릿한 쾌감을 맛보게 된다면 나처럼 변할지도 모른다. 가능하다면 한번 해보시길.

500 day

내가 부서로 전입해 왔을 무렵, 우리 부서에는 우리만의 독특한 문화가 하나 있었다. 매주 목요일마다 치킨집에 모여 치맥으로 회식을 하는 것이었다. 그리고 사람들은 이 회식을 맥주 500cc 한잔하면서 노는 회식이라는 뜻에서 '500데이'라고 불렀다. 당시 신입사원이던 나와 내 동기들은 이 500데이가 너무나도 싫었다. 한창 친구들하고 술 먹고 놀기에도 시간이 모자란데, 매주 목요일마다 부서 회식에 참여해야 했으니 말이다.

처음 500데이에 갔을 때는 기대 반 두려움 반이었다. 첫 회식이기도 하고, 나름 신입사원이 들어왔으니 사람들의 관심이 우리에게 집중되지 않을까 하는 생각에서였다. 하지만 예상은 보기 좋게 빗나갔다. 신입사원을 챙기기는커녕 선배들은 신입사원인 우리를 어색해하거나 어려워했다. 덕분에 우리는 자연스레 구석에 놓인 테이블에 모여 앉게 되었다. 우리끼리만 있었다면 웃고 떠들며 놀았겠지만, 옆 테이블에 낯선 선배가 너무 많아서 말조심하느라 대화는 거의 하지도 못했다. 그렇게 맥주가 코로 들어가는지 귀로 들어가는지도 모를 정도로 불편하게 앉아 있다가 회식이 끝났다. 그 뒤로도 매번 갈 때마다 그 어색함은 사라지지 않았고, 선배들과도 그다지 친해지지 못했다. 심지어 그 자리에서 우리를 혼내는 선배도 있었기 때문에, 시간이 지날수록 더더욱 가기 싫었다.

그래서 우리는 아예 우리끼리 순서를 정해서 500데이에 참석하기로 했다. 세 조로 짜서 매주 한 조만 참석하고 나머지 두 조는 회사가 끝나고 회식 장소로 이동하는 어수선한 틈을 타서 도망갔다. 나중에는 회식하다가도 화장실에 가는 척하다가 도망가기도 했다. 그러다 보니 아예 우리가 도망가지 못하도록 문 앞에서 지키고 서 있는 선배도 생겼다.

어찌어찌 회식을 피해 잘 도망 다니던 무렵, 그 당시 투입되어 있던 프로젝트 사람들과 대화하다가 500데이가 언급되었다. 그 프로젝트의 구성원들은 대부분 다른 팀 사람들이어서 실제 500데이에 참석해본 사람은 없었다. 하지만 500데이의 소문은 이미 다른 팀에까지 퍼져 있었기 때문에 다들 500데이에 대해선 알고 있었고, 궁금해했다. 그래서 그중 한 분이 나에게 물어보았다.

"제호 사원(당시에는 사원이었다), 거기는 500데이라고 매주 목요일에 치맥을 한다면서?"

"아 그렇죠. 매주 합니다, 매주. 아주 지겨워 죽겠어요."

"왜?? 매주 치맥하고 좋지 않아? 그래서 제호 사원네 팀은 단합도 잘되고 파트장이 리더십도 있다고 소문이 자자하던데."

매주 참석하는 우리는 아주 쓰레기 같은 행사라고 생각했다. 하지만 밖에서 보는 시선은 그와 정반대로 호평이 자자했기에 그놈의 500데이가 계속해서 이어진 것이다.

그렇게 500데이는 해를 넘어가도 계속 유지되었다. 그러다 보니 나도 그렇고 동기들도 그렇고 어느덧 부서에 적응했고 슬슬 500데이가 편해졌다. 나중에는 '어차피 목요일에 치킨 먹을 건데 뭐 하러 또 치킨을 시켜 먹나'라는 생각으로 다른 날에는 치킨을 먹지 않고 매주 목요일을 기다리는 지경에 이르렀다. 그렇게 2년이 좀 넘었을 무렵, 파트장이 그룹장을 거쳐 팀장으로 승진하면서 500데이는 역사의 뒤안길로 사라졌다. 500데이에 너무 적응해버려서인지 정작 500데이가 사라지고 난 뒤에도 우리는 목요일에 가끔 모여 치킨집으로 가 치맥을 한잔하며 500데이를 추억했다.

그런데 이렇게 역사 속으로 사라진 행사가 또 있었으니, 바로 캠핑이었다. 아직은 500데이가 너무 싫었던 신입사원 무렵, 정신없이 부서에 적응해가다 보니 어느덧 가을이 다가오고 있었다. 그러자 슬슬 워크숍 얘기가 나오더니 결국에는 캠프장으로 워크숍을 가기로 결정되었다. 하루 잠깐 가서 치맥을 하는 500데이도 싫었던 우리는 당연히 캠핑이 달가울 리 없었다. 하지만 500데이랑은 다르게 규모가 나름 큰 행사인지라 비록 늦게 갈지언정 빠질 방도는 없었다.

울며 겨자 먹기로 파주의 한 캠프장까지 선배들 차를 얻어 타고 쫄래쫄래 따라갔다. 파주로 가는 차 안은 너무 어색했다. 할 말도 없고, 선배들이 하는 얘기는 알아듣지도 못하겠고. 그러다 보니 잠이 미친 듯이 쏟아졌다. 그래도 신입사원이 감히 선배들이 탄 차에서 잠을 잘 수는 없었다. 극도의 인내력으로 허벅지를 꼬집으며 겨우 참았다. 그렇게 캠프장에 도착했다.

캠프장에 도착해서, 나는 '신입사원으로서 캠프장에 도착했다면 바쁘게 움직이는 것이 당연'하다고 생각했다. 하지만 텐트를 쳐본 적도 없는 내가 텐트 치는 선배를 돕는 것은 쉽지 않았다. 그나마 지주 핀을 바닥에 박기 위한 망치질 정도가 도움이 됐고 그 외에는 오히려 방해였다. 땀을 뻘뻘 흘리면서 텐트를 치고 나니 어느덧 후발대로 오기로 했던 사람들이 캠프장에 하나둘 도착하기 시작했다.

날이 어둑어둑해질 무렵, 숯불을 피워서 고기를 굽고 사람들은 한 잔, 두 잔 술잔을 기울였다. 나와 동기들은 거기에 끼어 술을 마시기엔 너무 어색해서, 옆에 가서 고기나 굽고 적당히 심부름이나 하려 했다. 하지만 고기를 굽고 있던 파트장은 우리 보고 가서 놀기나 하라며 집게를 넘겨주지 않았고, 선배들 또한 우리에게 심부름 시키지 않고 자신들 스스로 움직였다. 선배들은 고기나 먹고 술이나 마시라며 우리를 그냥 앉혀놓기만 했다. 누군가 옆에서 본다면 참으로 흐뭇한 부서가 아닐 수 없었다.

선배들이 후배들 편하라고 고기도 구워주고 술도 따라주고 먹을 것도 챙겨주니 말이다. 하지만 선배들이 숨만 쉬어도 불편한 신입사원은 오히려 이 상황이 고역이었다. 차라리 우리를 부려준다면 불편한 마음도 사라지고 어색하게 술자리에 끼어 웃고 있을 필요도 없었을 테니 말이다.

한밤중까지 계속된 술자리가 끝나고 이제 잘 텐트가 배정되었다. 선배들은 친절하게도 우리 신입사원들을 위해 좋은 텐트 하나를 통째로 배정해주었다. 지금의 나라면 완전히 땡잡았다고 좋아하겠지만, 그 당시의 우리는 그런 배려도 너무 부담스러웠다. 우리가 그 텐트에서 자는 바람에 정작 좋은 텐트를 가져온 텐트 주인은 다른 텐트에 가서 사람들 틈에 끼어 자야 했으니 말이다. 어찌어찌 부담을 극복하고 우리는 옹기종기 모여서 잠을 청했다. 이번에도 선배들은 신입사원을 위해 친절을 베풀었다. 쌀쌀한 가을밤에 행여 감기라도 걸릴까, 갖고 온 전기장판을 한껏 틀어준 것이다. 하지만 덕분에 자다가 땀범벅이 되어 눈을 떴고, 너무 더워 전기장판을 끌 수밖에 없었다. 그랬더니 이번에는 흘린 땀 덕분에 금세 추워졌다. 결국 밤새 전기장판을 켜고 끄고를 반복하며 선잠을 잘 수밖에 없었다.

다음 날 아침, 캠프장 옆의 공터에서 다 같이 족구를 즐기고 철수하기로 했다. 팀은 총 세 팀으로 나눠서 진행했다. 시작 전에 파트장이 갑자기 내기를 제안했다.

"자, 1등 한 팀은 아무것도 안 하고, 2등 한 팀은 설거지하기. 그리고 3등 팀은 이따가 점심값 다 내는 거로 하자."

파트장의 얘기를 듣고 우리 신입사원팀은 긴급하게 작전회의에 들어갔다.

"만약 우리가 1등을 하면 선배들은 설거지하는데 우리는 놀고 있는 매우 불편한 그림이 연출되니까 1등은 안 돼. 하지만 3등을 하면 점심값을 내야 하는데 사람이 한두 명도 아니니 이것도 꽤 부담일 거야. 그러니 무조건 2등을 목표로 하자."

입장상 우리는 적극적으로 승부조작을 노릴 수밖에 없었다. 그렇게 족구 경기가 시작됐다. 막상 경기가 시작되자 우리는 중대한 오류를 범했음을 깨달았다. 선배들이 생각보다 족구를 잘할 수 있다는 것을 예상하지 못했고 선배들과 달리 우리는 승부조작을 할 만큼 족구를 잘하지도 못했음을. 그렇게 우리는 식은 땀을 뻘뻘 흘리면서 필사적으로 족구를 했고, 하늘이 도운 것인지 선배들이 눈치를 챈 것인지는 모르지만 우리는 2등 자리를 겨우 탈환하고 맘 편히 설거지를 했다.

그렇게 짧지만 우리에게는 너무나 길었던 캠핑이 끝났다. 그다음 해에도 캠핑하러 가자는 얘기가 나왔으나, 여러 가지 사고에 대한 우려와 그 당시 시국을 반영하여 회사에서 워크숍을 자제시켰고, 캠핑 역시 500데이와 마찬가지로 파트장의 승진으로 인해 사라졌다.

뭐 그렇긴 해도 500데이와 캠핑의 흔적은 그 이후로도 잘 이어져서, 그때 함께했던 선배들과 친해진 다음부터는 같이 잘 먹고 마시고 놀러 다니고 있다. 그 덕에 그렇게 싫었던 그 두 행사가 지금에 와서는 좋은 추억으로 남았다. 물론 이것도 지났으니까 웃으면서 하는 말이지, 다시 신입사원으로 돌아가서 그때와 똑같이 참여하라고 하면 난 도저히 못 할 것 같다.

취미가 통기타라고 적었을 뿐인데

어느 집단에 처음으로 들어가면, 여러 가지 질문을 받게 된다. 사는 곳은 어디니? 나이는 몇 살이니? 대학 전공은 뭐였니? 등등. 그중에서 생각보다 별거 아닌 것 같으면서도 중요한 질문이 있으니, 취미가 뭐냐는 질문이다. 물어보는 사람이 뭔가를 기대하고 물어보는 건 아니지만, 대답을 어떻게 하느냐에 따라 대답하는 사람의 이미지나 평판 등이 달라지기 쉽기 때문이다.

신입사원으로 부서에 처음 갔을 때, 부서에서는 우리에게 자기소개서를 만들도록 했다. 파워포인트를 써서 자유 형식으로 만들라고 했다. 우리는 자기소개서를 만들기에 앞서 회사 게시판을 이곳저곳 뒤진 끝에 그전 해에 선배들이 만든 자기소개서를 찾아내었다. 한 사람당 적게는 3페이지에서 많게는 5페이지 정도 분량으로 작성되어 있었다. 생각보다 큰 노력이 들어갔는지, 각종 사진과 애니메이션 효과들로 화려하게 꾸며져 있었다. 우리는 적어도 그 선배들이 만든 것과 유사한 혹은 더 뛰어

난 품질의 소개서를 만들어야 한다는 생각에 모두 집중해서 자기소개서를 만들었다.

막상 자기소개서를 만들다 보니 생각보다 분량이 나오지 않았다. 회사에서 쓸 자기소개에 넣을 수 있는 항목은 생각보다 적기 때문이다. 쓸데없이 가족사나 연애사, 친구들에 대해 넣을 필요는 없기에 이름, 나이, 전공 이후로는 뭔가 쓸 만한 소재가 부족했다. 그러다 보니 그나마 가장 무난한, 취미에 대해 작성해서 넣었다.

나는 본래 운동에는 소질이 없고, 그렇다고 유머러스하지도, 활발하지도 않았기에 딱히 취미라고 내세울 만한 것은 통기타 정도밖에 없었다. 스스로 입문한 것은 아니고 중학교 때 어머니가 학원에 보내주셔서 마지못해 배우기 시작했던 취미였다. 그 후로는 손을 놓고 있다가 대학을 졸업할 무렵, 이러다가는 대학 시절에 추억이라고는 하나도 없겠다는 위기감이 느껴져서 통기타 동아리 활동을 한 것이 다였다. 하지만 어떻게든 분량을 늘리려는 욕심에 내 자기소개서의 한 페이지에 통기타를 좋아한다는 말과 더불어 내가 기타를 치는 사진을 잔뜩 넣었다. 자기소개서는 그렇게 마무리되었고, 그것이 꽤 잘못된 선택이었음을 깨닫는 데는 그리 오래 걸리지 않았다.

며칠 뒤 점심 식사 후 동기들과 회의실에 앉아서 두런두런 얘기를 나누고 있을 무렵, 갑자기 회의실 문이 열리더니 처음 보는 선배 한 명이 고개를 빼꼼 내밀고 물었다.

"여기 취미가 통기타라고 한 애 누구니?"

나는 나를 찾는 것임을 직감했다. 바로 손을 들고 말했다.

"저, 접니다."

"오, 그래 너구나? 그럼 내일 나랑 나가서 점심 먹고 어디 좀 같이 가자."

선배가 나간 뒤, 동기들과 나는 머리를 맞대고 생각해보았다. 대체 회사에서 취미가 기타인 애를 따로 호출할 일이 뭐가 있단 말인가. 하지만 아무리 머리를 맞대고 얘기해보아도 우리끼리는 짐작조차 할 수 없었다.

그렇게 다음 날이 되어 그 선배와 회사 밖에서 점심을 먹고 회사로 복귀하던 중, 갑자기 선배가 방향을 틀었다.

"다른 게 아니라, 이번에 부서 선배 한 분이 정년퇴임을 하시거든. 그래서 퇴임식을 준비하는 중인데, 공연할 사람이 필요해서 말이야. 근데 때마침 네가 기타를 칠 줄 안다고 하니까, 딱 맞겠더라고."

"그럼, 지금 혹시 기타 치러 가는 건가요?"

"응, 내가 회사 색소폰 동호회 소속인데, 우리 연습실이 이 근처거든. 거기 기타도 있으니까, 가서 너 치는 거 한번 보고 싶어서."

그렇게 어안이 벙벙한 상태로 선배를 따라서 음악 연습실에 도착했다. 아무렇게나 굴러다니는 기타를 손에 들고선 동아리 활동할 때 공연을 위해 연습했던 곡을 짧게 연주했다. 사실

기타를 조금 배웠다면 누구나 할 수 있을 법한 간단한 곡이었기 때문에, 선배가 당연히 실망하리라 생각했다. 하지만 선배는 생각 외로 흡족해하며 다음 날부터 자신과 함께 점심시간마다 연습해서 퇴임식 공연을 준비하자고 했다.

그렇게 일주일간 맹연습을 마치고 퇴임식 당일, 공연은 나름 성공리에 끝났다. 기타는 반주의 역할이었고 메인보컬이 따로 있었기 때문에 다행히도 나는 그 뒤에서 기타 반주를 하며 숨어 있을 수 있었다. 덕분에 심적으로는 크게 부담스럽지 않았다. 퇴임식에서 며칠이 지난 후, 퇴임식의 주인공이었던 정년을 맞은 선배가 고맙다며 밥을 사준 것도 꽤 만족스러웠다. 그것으로 내가 잘못 적어 넣은 취미의 대가는 다 치렀다고 생각했다.

하지만 약 두 달 뒤, 다시 한번 위기가 찾아왔다. 부서에서 난지캠핑장으로 워크숍을 가기로 했는데, 이때 신입사원들의 장기자랑을 보고 싶다고 한 것이다. 딱히 장기라고는 없는 우리였기 때문에 매우 난감했다. 그러자 사람들은 내가 저번에 퇴임식에서 기타를 친 것을 떠올리고는 워크숍에서도 기타 연주를 하는 게 어떻겠냐고 제안했다. 사실 나는 저번 퇴임식 이후로 다시는 사람들 앞에서 기타를 치고 싶지 않았다. 하지만 장기자랑에서 할 만한 다른 아이디어도 나오지 않았고, 설령 아이디어가 나오더라도 어차피 준비할 시간이 부족했기 때문에 다시 한번 공연을 하게 되었다.

그렇게 나는 퇴근 후에 집에 들러 기타를 들고 난지캠핑장까지 이동했다. 그리고 이번에는 나를 가려줄 보컬도 없었기에, 식은땀을 삘삘 흘려가며 최대한 그럴싸해 보이는 곡을 연주했다. 다행히 그 뒤에 파트장이 다른 신입사원에게 노래도 시키고 술도 따라주고 하면서 분위기가 좋아졌기 때문에 적당히 넘어갔다. 이번에야말로 섣부르게 취미활동을 자기소개서에 적은 대가를 다 치렀다고 생각했고, 다시는 기타를 치지 않기만을 바랐다.

하지만 회사 일이라는 게 늘 그렇듯 원하는 대로 흘러가지만은 않는 법. 난지캠핑장 공연으로부터 약 2년 뒤, 한창 프로젝트를 수행할 무렵, 부서에서 연락이 왔다. 당시 우리 팀은 컨설팅 팀이어서 컨설팅 센터에 소속되어 있었는데, 센터에서 컨설턴트 데이라는 행사를 진행한다는 것이었다. 그런데 행사 후 공연을 할 공연팀을 섭외하는 데 애를 먹고 있으니, 아쉬운 대로 나와 내 동기가 같이 공연해주었으면 한다고 했다. 후에 알았지만 컨설팅 센터 인사팀은 회사 내 모 동아리를 공연팀으로 섭외했는데, 대기 장소, 식대, 차비, 공연비 등 요구하는 사항이 너무 많아서 골머리를 앓고 있었다. 그때 컨설팅 센터 인사팀과 같이 일하던 동기 한 명이 우리 부서에 기타 좀 치는 동기와 노래 잘하는 동기가 있다고 넌지시 언질을 주어, 인사팀이 크게 기뻐하며 연락한 것이었다.

어쨌든 프로젝트의 PM은 바빠 죽겠는데 공연 준비를 하랍시고 사람을 빼 가는 게 어딨냐며 반발했지만, 아무래도 센터 인사팀에서 온 요청이다 보니 대놓고 가지 못하게 막을 수는 없었다. 나는 내심 프로젝트팀에서 막아줬으면 했다. 공연 준비를 한다고는 해도 일을 놓고 가서 연습할 수는 없으니, 퇴근하고 다시 본사로 이동해서 그곳에서 준비해야 할 것이 뻔했기 때문이다. 야근비가 나오지 않을 것도 너무 뻔했다.

행사는 서울 잠실의 본사에서 열리기로 되어 있으므로, 어쩔 수 없이 매일 퇴근 후 프로젝트를 진행하던 경기도 수원에서 서울 잠실로 이동했다. 그곳의 대강당을 하나 빌려서 노래 잘하는 동기와 매일 연습했다. 준비하러 이동하는 것도 무척 오래 걸리고 시간상 야근이나 다름없었기에 너무 힘들었지만, 연습 자체는 동기와 즐겁게 했다. 동기도 나도 노래를 좋아하고, 술도 좋아해서 연습은 연습대로 즐겁게 하고 연습 후에는 술도 한 잔씩 기울이면서 급속도로 친해졌다. 그렇게 하루, 이틀 공연을 준비했고, 지난 퇴임식과 마찬가지로 동기가 노래하고 나는 뒤에서 기타를 연주했다. 생각보다 우리 공연에 대한 반응이 좋아서 준비된 공연이 다 끝났음에도 관객들은 앙코르를 외쳤다. 우리는 앙코르는 생각도 못 해서 추가로 준비한 것이 없었기 때문에 쭈뼛쭈뼛 인사를 하고 퇴장했다. 그렇게 세 번째 공연도 나름 성황리에 끝마쳤다.

이러한 일들을 겪은 덕분에 나는 만나는 신입사원들 모두에게 이렇게 충고해주게 되었다. 자기소개서에 취미를 쓰거나 선배들에게 말하기 전에 반드시 신중하게 생각하라고.

아, 그리고 여담이 두 가지 있다. 첫 번째는 사실 저 센터 공연 이후로도 공연의 굴레를 끊어내지 못하고 또 공연했다는 것. 두 번째는 나와 동기가 공연 때마다 '먼지가 되어'라는 노래를 끝곡으로 선정했는데, 나의 원한 때문인지 그 노래로 공연하면 반드시 그 행사를 주최한 팀, 혹은 센터가 늘 먼지가 되어 공중분해되었다는 것이다.

✦ 15:00 p.m. 낀대리의 회의시간 ✦

나는 저 사람이 왜 싫을까?

욕은 안 했지만, 최악인 H 부장

맨날 욕하지만 친근한 K 부장

드라마 광해

연수원에서 신입사원으로 교육받던 시절, 연수원에서 시행하던 각종 프로그램 중에는 연극 공연도 있었다. 연극을 관람하는 것이 아니라 각 반의 신입사원들이 직접 대본을 짜고 의상을 만들고 연기를 하고 조명도 조절해가면서 연극을 하는 프로그램이었다. 회사명을 따서 드라마 ○○라고 이름 붙여진 프로그램이다.

우리는 연극을 하기에 앞서 각자 역할을 나누기로 했다. 역할을 나누는 것이 생각보다 쉽지 않았다. 일단 무대에 서서 남들에게 자신을 한껏 드러내야 하는 배우 역할은 대부분 꺼렸다. 그 때문에 배우를 정하는 데 가장 오랜 시간이 걸렸다. 공연 준비를 지원하는 역할인 의상 제작이나 소품 제작 등에는 많은 사람이 지원했다. 배우처럼 무대에 서지는 않지만, 당일 공연을 보조하는 조명감독이라든가 전체 공연의 흐름에 크게 관여하는 연출, 각본에는 배우와 마찬가지로 대부분 지원하지 않았다. 전체적으로 중요한 역할은 다들 많이 부담스러워하는 듯 보였다.

나도 다른 사람과 마찬가지로 배우는 하고 싶지 않았고, 그저 공연 준비를 도우며 얌전히 뒤에 숨어 있고 싶었다. 하지만 어쩌다 보니 다른 역할에 다 떨어졌고, 그래서 덜컥 각본을 맡게 되는 불상사가 일어났다. 심적으로는 당연히 부담스럽기 그지없었다. 하지만 이내 그나마 무대에 서지 않음에 감사하며 각본을 쓰기 시작했다.

그런데 이게 막상 해보니 영 쉽지 않았다. 처음에는 그 당시 유행하던 개그 코드들을 모아서 약간의 콩트 형식으로 각본을 써 내려갔다. 그렇게 초안을 작성하고 지도 선배들에게 각본을 제출했다. 그리고 보기 좋게 퇴짜를 맞았다. 너무 가벼운 개그 위주라는 것, 그리고 회사와 관련된 내용이 들어가 있지 않다는 것이 이유였다. 선배들의 가이드를 듣고 다시 각본을 써 내려갔다. 두 번째 각본은 아예 회사를 무대로 꼰대 부장과 신입사원의 이야기로 채웠다. 하지만 이 각본도 기각당했다. 회사생활을 너무 좋지 않게 묘사하고 이전과는 반대로 심하게 진중하다는 것이 이유였다. 이쯤 되니 더 이상 각본을 쓸 마음이 들지 않았다. 하지만 어찌 됐든 각본이 완성되어야 이에 맞춰서 배우들도 연습하고 의상도 제작하는 등 공연 준비를 시작할 수 있었기 때문에 머리를 쥐어뜯으며 아이디어를 짜냈다.

그러던 중 머리가 번뜩였다. 입사 바로 전해에 개봉한 영화 〈광해〉를 모티브로 각본을 써보면 어떨까, 하는 생각이 들었다.

영화 〈광해〉는 승정원일기 일부분에서 모티브를 따온 영화다. 승정원일기 중 광해군에 대한 기록이 15일간 지워진 부분이 있는데, 이 시기에 광해군의 대역이 광해군 대신 왕 노릇을 했다는 이야기다. 나는 여기서 착안을 해서 회사생활에 열심이지도 않고 늘 사람들을 괴롭히기만 하는 광해 과장이라는 인물을 만들었다. 그리고 영화와 마찬가지로 모종의 사건으로 신입사원이 광해 과장의 대역을 하게 되는 이야기를 써 내려갔다. 결국에는 이를 통해 광해 과장이 개과천선한다는 내용으로 마무리 지었다. 그렇게 써낸 각본은 다행히 통과되었고, 연극 준비를 시작할 수 있었다.

각본가인 나는 주로 배우들의 연기 지도를 맡았다. 여기서 어떤 느낌으로 대사를 말하면 되는지, 동선은 어떻게 되는지 가이드를 해주었다. 그리고 이에 맞춰서 각종 소품이나 의상도 어떤 식으로 만들면 될지 각 담당에게 설명해주었다. 남은 기한은 고작 3일뿐이었기에, 연수원 일정으로 피곤한 와중에도 다들 밤늦게까지 공연을 준비했다. 그렇게 준비하던 마지막 날, 사건이 터지고야 말았다.

연수원의 일정은 아침 8시부터 시작해서 보통 저녁 9시가 되어서야 끝이 났다. 그러면 보통 바로 숙소로 돌아가서 쉬어야 했다. 하지만 공연을 준비해야 하므로 대부분은 9시 이후에 다시 반별 강의실에 모여서 공연을 준비했다. 그러다 보니 당연히 몸에 무리가 와서 앓아눕는 사람도 종종 생겼다. 그리고 하필 공연 전날, 연출 담당이 드러누웠다. 어찌 되었든 공연은 다음 날인데, 연출 담당이 아프다는 이유로 공연 준비를 멈출 수는 없었다. 하지만 연출이 빠진 자리를 누가 메꿀 것인가가 화두였다. 우리 반은 잠시 회의를 한 끝에 각본가인 내가 연출 대행을 맡기로 결정했다. 아무래도 전체 이야기의 흐름을 알고 있으므로 다른 사람보다는 각본가가 연출 담당 대신 전체를 총괄해서 지휘하는 게 나을 것 같다는 이유였다. 사실 나도 연출 담당 못지않게 몸도 마음도 지친 상태였지만, 딱히 더 나은 대안이 있다거나 거절할 방법이 있는 것도 아니었다. 그렇게 다음 날 공연 때까지 연출 대행을 맡기로 했고 덕분에 다시 공연 준비는 이어졌다.

하지만 준비가 생각만큼 수월하게 진행되지는 않았다. 애초에 3일이라는 시간 내에, 그것도 일과가 끝난 저녁 9시 이후의 시간만을 이용해서 준비한다는 것은 말도 안 되는 일정이었다. 그렇기에 다음 날 공연을 위해서 우리는 거의 밤을 새워서 준비해야 했다. 밤늦도록 준비가 이어짐에 따라 사람들이 하나둘 지쳐가는 게 눈에 보였다. 그렇게 새벽 1시가 되었을 무렵, 전체의 약 80% 정도가 준비되었다. 완벽하게 준비되지는 않았지만 그동안 전체 리허설을 해본 적이 한 번도 없었기 때문에, 배우들은 리허설을 해봐야 했다. 그 사이 나머지 인원은 옆에서 리허설에 필요한 소품을 나르거나 아직 준비가 덜 된 20%를 마저 준비하기로 했다.

리허설은 연출 대행인 내가 총괄하며 진행하였다. 하지만 생각보다 리허설 분위기가 어수선했다. 리허설을 할 무대도 잘 정리되지 않았고, 사람들은 집중력이 떨어져서 내 말을 잘 듣지 못했다. 이에 따라 내 스트레스도 하늘 높은 줄 모르고 치솟았다. 그래도 어찌어찌 리허설을 시작할 수는 있었다. 리허설이 시작되고 배우들이 연기를 했다. 나는 대사를 하나하나 들어가며 어딘가 빠진 부분은 없는지, 연기에 어색한 부분은 없는지 확인했다. 몇 분 정도 지났을 무렵 옆에서 의상을 담당하던 동기들의 수다로 인해 배우들의 대사가 귀에 들어오지 않았다. 그저 동기들에게 잠깐 조용히 해달라고 하고 다시 리허설을 진행하면 되는 일이었다. 하지만 심신의 피로가 극에 달한 나는 덜컥 소리치며 화를 내고 말았다.

"아, 좀 조용히 해!! 이러고 있을 시간이 없다고!!"

나로서는 사실 크게 화를 낸 것도 아니고 그저 약간의 짜증 정도였다. 그렇게 생각하기도 했고 리허설이 바빴기에 소리를 지른 후 바로 다시 리허설을 진행했다. 그렇게 전체 리허설이 한 타임 끝났다. 그제야 아까 나에게 한 소리를 들은 의상 담당 두 명이 자리에서 사라진 것을 알았다. 다른 사람 얘기로는 내가 화를 낸 직후 강의실을 빠져나갔고, 또 다른 의상 담당이 따라갔다고 했다. 잠시 후에 그 두 사람은 다시 강의실로 돌아왔고, 분위기는 무겁게 가라앉아 있었다. 어찌 됐든 나는 그보다는 다음 날 공연을 성공적으로 달성하는 것이 중요하다고 생각했다. 따라서 분위기를 다시 띄워본다거나 나로 인해 마음이 상했을 의상 담당을 달래주기보다는 다시 사람들을 재촉해서 공연 준비를 이어나갔다.

다음 날 어찌어찌 공연은 성공리에 이루어졌다. 아쉽게도 순위권에는 들지 못했지만, 다들 열심히 준비했기 때문에 재밌었다는 소감을 남기고 훈훈하게 마무리했다. 그렇게 그날 하루가 저물어갈 무렵, 저녁 늦게 우리 반을 담당하던 담당 지도 선배가 나를 호출했다. 연수원 바깥 자판기 앞에서 캔 커피를 하나씩 마시면서 벤치에 앉았다. 지도 선배가 말을 꺼냈다. 알고 보니 어제 나에게 한 소리를 들은 의상 담당은 단순히 마음을 진정하러 밖에 나간 것이 아니라 나가서 한참을 울다가 돌아왔다고 했다. 뒤따라 나온 다른 의상 담당이 진정시켜주었고, 지도 선배는 밤늦게까지 준비하는 우리를 살펴보러 나왔다가 그 광경을 보았다고 했다. 지도 선배는 그 자리에서 사정을 전해 들었기에 나를 책망하거나 혼을 내지는 않았다. 대신에 내가 울린 동기와 화해했으면 좋겠다고 했다.

하지만 못되게도 그때의 나는 내가 잘못했다고 생각하지 않았다. 나는 팀의 목표를 위해서 사람들을 이끌 책임이 있었고, 그에 불성실하게 대응한 그 동기의 잘못이라고 생각했다. 그래서 사과할 마음이 생기지 않았다. 하지만 지도 선배의 당부도 있고 하니 어쩔 수 없이 그 동기에게 가서 음료수나 한잔하자며 대화의 자리를 만들었다. 그리고 그 동기에게 억지로나마 사과는 했다. 그러면서도 여전히 나는 화낼 만했다고 생각했고, 불성실한 데다가 울기까지 한 그 동기의 잘못이라고 생각했다. 결국 표면적으로는 화해했지만, 그 동기와는 연수가 끝나도록 거의 말을 섞지 않았고 그렇게 사이가 멀어졌다.

몇 년이 지나 다시 저 시기를 회상해볼 일이 생겼다. 그리고 회사에서 일부러 우리를 극한 상황에 몰아넣어 본 것은 아닐까 하는 생각이 들었다. 이유야 어떻든 간에 저 때의 나는 오만하기 짝이 없었다는 것을 그제야 깨달았다. 그때의 나는 팀의 목표를 위해서라는 핑계로 개개인의 마음 따위는 안중에도 없었다. 심지어는 화를 냈으면서도 나는 잘못한 것이 없고 오히려 그 동기가 잘못했다는 뻔뻔한 태도를 유지했다. 힘든 와중에도 유머러스함을 잊지 않았던 그 동기가 나보다 훨씬 더 나은 사람이었다. 그렇게 나는 뒤늦은 반성을 했고, 그 연극은 나에게 매우 씁쓸한 기억으로 남게 되었다. 할 수만 있다면 그 동기에게 다시 한번 미안하다고 진심으로 얘기하고 싶었다.

하지만 이제 와서 어쩌겠는가, 그렇게 사이는 악화되어버렸고, 나는 너무 늦게 반성했으며, 사과의 기회는 영영 물 건너가버렸으니 말이다. 에휴.

인사가 세상에서 제일 어려워

당신이 생각하는 가장 중요한 비즈니스 매너는 무엇인가? 누구는 옷차림이라고, 누구는 화법이라고도 한다. 하지만 아마 대다수는 인사를 첫 번째로 꼽지 않을까 싶다. 그만큼 비즈니스 세계에서 인사는 기본 중의 기본이라고 얘기할 수 있겠다. 그런데 회사에 다니다 보면, 바로 그 기본 중의 기본 때문에 생각보다 많은 일이 생긴다.

어느 장단에 춤을 추오리까?

신입사원 때는 대부분 지나가는 사람을 보면 누군지 모르더라도 일단 인사를 하고 볼 것이다. 보통은 말이다. 하지만 나와 내 동기들은 인사할 대상을 신중히 고를 수밖에 없었다. 우리 팀은 프로젝트를 주로 수행하기 때문에 자리가 고정되어 있지도 않았고, 본사에 없는 사람이 대부분이었다. 그로 인해 우리 부서의 직속 선배를 명확하게 구분할 수 없었다. 일단은 부서의 장인 그룹장은 누군지 명확하니, 그룹장에게는 매일 아침 인사를 하기로 했다. 출근할 때마다 다 같이 제일 안쪽 자리에 있는 그룹장에게 가서 출근 인사를 했다. 그렇게 인사를 하다가, 며칠 뒤 옆 파트의 H 선배가 우리를 호출했다.

"그… 아침마다 너무 그렇게 단체로 몰려가서 인사하고 그러지 않아도 돼."

"네?"

"너무 우르르 몰려와서 인사하는 게 부담스럽다고 하시네. 그냥 지나가다가 마주치면 인사하는 정도로만 하면 돼."

우리는 나름 신입사원이라고 아침마다 일부러 인사를 하러 간 건데 우리 팀 사람들에게는 그런 모습이 낯설었던 모양이다. 그래서 그다음 날부터 우르르 몰려가서 인사하는 것은 그만두었다. 그렇게 며칠이 지났을 무렵, 엘리베이터에서 H 선배를 마주쳤다. 그 엘리베이터에는 우리 팀 말고도 다른 팀 사람들이 많았다. H 선배만 우리 팀 선배이자 유일하게 아는 사람이었기에 우리는 H 선배에게만 가볍게 인사를 하고 함께 엘리베이터를 타고 내려갔다. 시간이 조금 지나서 자리에 돌아왔을 무렵, H 선배가 우리를 호출했다.

"그… 아까 엘리베이터에 센터장님 계셨거든. 센터장님한테는 인사해야지."

선배의 말에 의하면 아까 그 엘리베이터에 우리가 속한 컨설팅 센터의 센터장이 같이 타고 있었다는 것이다. 하지만 센터장은 늘 센터 꼭대기의 센터장실에 있어서 평소에 우리가 마주칠 일이 없었다. 당연히 우리는 센터장을 알아볼 수도 없었고, 같은 엘리베이터에 탄 줄은 꿈에도 몰랐다.

"어… 저희는 센터장님 얼굴을 몰랐어요."

"사내 시스템에서 인명으로 검색하면 사진 나오니까, 센터장님 얼굴 정도는 익혀둬."

'그렇게까지 해야 하나?'라는 생각과 더불어 인사를 잘해도, 안 해도, 이렇게 호출당해서 지적당하니 우리는 조금 혼란스러웠다. 어찌 됐든 H 선배의 충고를 따라서 그다음부터는 센터장을 만나면 깍듯하게 인사를 하고 다녔다. 그렇게 인사로 인한 해프닝은 끝난 듯 보였다.

소리 소문 없이 도망가기

그로부터 몇 달 뒤 프로젝트에 잠시 지원하러 가게 되었다. 그 프로젝트에는 선배들도 많았지만 우리가 속한 파트의 파트장도 같이 투입되어 일하고 있었다. 우리는 본사에서와 마찬가지로 지나가다 파트장을 마주치면 인사를 하곤 했다. 그러던 어느 날 동기 하나가 퇴근길에 J 선배와 우연히 마주쳤다. 동기와 J 선배는 방향이 같았기에 같이 퇴근길에 올랐다. 퇴근길에서 J 선배가 동기에게 말했다.

"아침에 출근하면 파트장님한테 가서 인사드려. 그런 거 좋아하셔."

"출근할 때만 하면 돼요? 퇴근할 때는요?"

"퇴근할 때는 안 해도 돼. 퇴근할 때 인사하면 도망 못 가고 붙잡히잖아."

이번에는 본사와 다르게 아침에 출근하면 자리로 가서 인사를 하라는 것이었다. 다만 퇴근할 때는 인사를 하지 말고 몰래 도망가라고 했다. 퇴근하는 게 파트장 눈에 띄면 파트장은 늘 어디 가냐고 물으면서 붙잡고 추가로 일을 더 주기 때문이라고 했다. 동기에게 이 얘기를 전해 들은 우리는 모두 몰래 도망가라는 것이 선배의 진심 어린 조언임을 맘속 깊이 느꼈다. 따라서 이번에도 우리는 선배의 말을 충실하게 따랐다. 아침마다 파트장 자리로 가서 인사를 하고 퇴근할 때는 쥐도 새도 모르게 슬며시 도망쳤다. 선배의 말을 너무 충실하게 따른 나머지, 나중에는 술자리에서 파트장에게 한 소리 듣기도 했다.

"니네 왜 맨날 도망가냐?"

나에게 바라는 게 있다면

그 후로 몇 년 동안 나는 회사에서 심적으로도 신체적으로도 매우 힘든 나날을 보냈다. 그러다 보니 본의 아니게 프로젝트에서 만나는 모든 사람과 싸우기 일쑤였다. 그중에서도 같은 팀 선배들과 제일 많이 싸웠다. 당연히 같은 팀이다 보니 업무적으로 제일 많이 접하는 것도 이유였지만, 아래 두 가지 이유로 인해 유독 더 많이 싸웠다.

첫째, 선배랍시고 직급으로 누르는 경우가 많았다. 아무리 선배라지만 나도 성인이기 때문에 기본적인 예의는 지켜줬으면 했다. 하지만 본인이 선배라는 이유로 초면에 무례하게 구는 경우가 많았다. 그리고 그 대부분의 무례함에는 '어디 사원 나부랭이가…' 하는 말이 뒤따랐다. 당연히 그 뒤에는 싸움으로 이어졌다.

둘째, 일을 잘 아는 사람들이라 더 미웠다. 타부서 사람들과도 업무 의견에 차이가 많을 때가 있다. 심지어는 그들이 완전 잘못 이해하고 일을 요구할 때도 있다. 하지만 그 사람들은 타부서인지라 원래 내 업무를 잘 몰라서 그럴 수 있겠다고 이해는 되었다. 하지만 팀 선배들은 나와 같은 팀이고 이 바닥에서 오래 구른 사람들인데도 그런 요구를 하는 것은 도저히 이해할 수 없었다. 심지어는 타부서 사람들보다 더 얼토당토않은 요구를 하곤 했다. 그러니 당연히 타부서 사람들과 같은 행동이나 말을 해도 상대적으로 더 미워 보였다.

그렇게 싸움으로 점철된 나날을 보내던 어느 날 그룹장에게 전화가 왔다. 나와 면담을 진행하려 하는데 프로젝트를 수행하는 위치가 본사에서 워낙 멀다 보니 부득이하게 전화로 면담해야겠다고 했다. 갑자기 왜 면담하려는 것인지는 모르겠지만, 일단은 뭔가 이유가 있겠거니 하면서 통화를 했다. 근황 토크를 간단하게 하고 프로젝트 진행 상황 등을 얘기했다. 그리고 전화를 끊기 전, 그룹장이 나에게 말했다.

"제호 대리, 나는 제호 대리에게 많은 거 바라지 않아. 일 잘하고 그런 것도 좋지만 나는 딱 두 가지만 해줬으면 좋겠어. 선배들이랑 싸우지 말고, 웃으면서 인사하는 거. 그거 딱 두 개. 올해 제호 대리 KPI(성과지표 혹은 목표)는 그거야."

면담을 하려고 한 근본적인 이유는 바로 이것이었다. 나는 얼마나 내가 싸운다는 소리, 인사를 안 한다는 소리를 많이 들었기에 그룹장이 저 정도까지 말하나 싶었다. 지금 돌이켜 보면 모르긴 몰라도 저 때 나는 부서에서 골칫덩이 문제아로 취급되지 않았을까 싶다. 어쨌든 그룹장과의 면담이 끝나고 나서 태도를 좀 고치긴 해야겠다는 생각이 들긴 했다.

그렇게 면담을 끝내고 자리로 돌아왔다. 면담으로 자리를 비운 사이, 메일이 이것저것 와 있었다. 곧이어 전화로도 업무 요청이 쏟아졌다. 역시나 또 얼토당토않은 요구들이었다. 덕분에 그룹장과 면담을 한 지 채 하루도 지나기 전에 나는 또 싸우고 말았다. 결국 그해에는 선배들과 싸우지 말고 웃으며 인사하라는 KPI를 조금도 달성하지 못했다.

저 시절의 나는 인사라는 게 정말 별거 아니라고 생각했다. 그래서 그다지 신경 쓰지 않았고, 굳이 싫은 사람에게 수고를 들여가며 인사하고 싶지도 않았다. 하지만 이제는 그 기본이 얼마나 중요한지 안다. 그 기본조차 제대로 하지 않는 사람을 다른 사람들이 좋게 볼 리가 없다는 것도 말이다. 그래서 몇 년이 지난 지금은 출근하며 그냥 눈이 마주치는 대로 인사를 하곤 한다. 내가 아무리 싫어하는 사람일지라도 말이다.

"안녕하세요~ 안녕하세요~"

그런데 싫은 사람 앞에서는, 그냥 인사까지는 가능한데, 웃으면서는 여전히 못 하겠다.

싸울 일이 아닌데 이상하게 싸우고 싶네

"세상 너무 차갑게 말을 하더라구요…."

내가 후배를 통해 전해 들은 말이다.

두 번째 프로젝트에 들어갔을 때 나는 자신감에 가득 차 있었다. 물론 곧 그 자신감은 박살이 나고 엄청 힘든 시간을 보내게 되었지만, 어쨌든 처음에는 그랬다. 프로젝트를 들어가면 보통 나 혼자 모든 일을 할 수는 없고, 고객사의 시스템을 운영하는 담당자들과 협업하게 된다. 프로젝트를 진행하는 중에는 운영 담당자들에게 시스템에 대한 특징이나 패스워드, 정책 등을 전달받아서 진행하곤 한다. 아예 몇몇 작업은 담당자들에게 요청해서 진행하기도 한다. 그래서 프로젝트에 처음 들어가면 운영 담당자들하고 인사를 하고 밥이라도 한 끼 먹으면서 친목을 다지며 그렇게 프로젝트를 시작한다. 내가 두 번째 프로젝트에 들어갔을 때 이러한 친목 도모는 생략되었지만, 운영 담당자인 P 대리와의 협업은 생략되지 않았다.

프로젝트별로 운영 담당자와 같은 공간에서 일할 때도 있고 다른 공간에서 일할 때도 있는데, 당시에는 후자였다. 그래서 P 대리와는 보통 메일이나 전화로 연락을 주고받았다. 따라서 나는 P 대리에게 전화로, 프로젝트를 시작하면서 필요한 것들이나, 담당자가 준비해줘야 할 사항을 전달했다.

"…해서, 그걸 준비해주세요."

"근데 그게 왜 필요하죠? 그냥 하시면 안 되나요?"

"…?"

그런데 의사소통이 쉽지 않았다. 나는 응당 일하기 위해 필수적인 것들만 추려서 준비해달라고 했을 뿐인데, P 대리는 내 요청에 의문을 가지고 되물었다. 나는 슬슬 짜증이 났다. 운영 담당자라고는 하지만 프로젝트에서의 역할은 나와 같았다. 주로 프로젝트를 하느냐, 운영을 하느냐만이 달랐을 뿐이다. 업무가 같았기에 이쯤 했으면 당연히 다 알아들을 것으로 생각했다. 그러다 보니 점점 말투에 짜증이 묻어났고, 말이 곱게 나가지 않았다.

"아니, 이 프로젝트 메인 작업 중의 하나가 업그레이드잖아요? 업그레이드하려면 당연히 그게 있어야 하는 거 아녜요?"

짜증 섞인 나의 말투에 P 대리는 태연하게 대답했다.

"아, 그런가요? 근데 그걸 원래 그런 용도로 써요?"

"SLD로 데이터를 쏴야 그거 보고 컴포넌트를 계산할 거 아녜요."

이게 나와 P 대리의 업무상 첫 통화였다. 텍스트로 보더라도 내 말투가 곱지 않다는 것은 누구나 다 알 것이다. 생각해보면 아무리 역할이 같다고는 해도 P 대리는 운영 업무를 주로 해왔고, 나는 프로젝트를 주로(라고 하기에는 고작 한 번 했으면서) 해왔다. 따라서 서로 알고 있는 영역이 다를 테니 P 대리는 당연히 물어볼 법한 것이었다. 나는 거기에 대고 '이 사람은 이걸 왜 몰라?' 하면서 짜증을 낸 것이다. 아마 P 대리 처지에서는 내가 '싸가지 없는' 사람으로 보였을 가능성이 크다. 아마 P 대리가 발끈했더라면 싸움으로 번지지 않았을까 싶지만, 그 당시에는 그런 일 없이 잘 넘어갔다.

프로젝트를 진행하면서 P 대리뿐만 아니라 다른 운영 담당자들이나 심지어는 고객과도 계속해서 마찰이 생겼다. 그리고 그런 마찰은 내 윗사람인 D 차장이 도맡아서 해결했다. 하지만 자신감만 넘치고 회사 돌아가는 생태는 아직 잘 모르던 나는 D 차장의 해결 방법이 마음에 들지 않았다. 그래서 D 차장이 운영 담당자나 고객과 회의하고 올 때면 대들기 일쑤였다.

"아니, 이걸 그때까지 끝내라는 게 말이 되나요? 내가 뭐 노나? 걔네는 왜 맨날 그런 식이래요? 아 빡치네."

"음… 그래도 그때까지 하긴 해야 해."

내가 D 차장에게 대들면 D 차장은 늘 나를 달래서 일을 진행하도록 했다. 하지만 나는 D 차장이 뭐라고 하든지 늘 마음속에 불만이 가득했다.

'아니 저 X끼들은 뭐 말만 하면 되는 줄 아네. 아오, 씨. 내가 가서 한판 붙어야 하는데.'

그렇게 속으로만 분을 삭이던 어느 날, 나는 큰 사고를 하나 쳤다. 시스템을 업그레이드하면서 중간에 파일 하나를 잘못 넣는 바람에 처음부터 업그레이드를 다시 해야 했다. 그로 인해 프로젝트는 무려 일주일이나 시간을 까먹어버렸다. D 차장이 고객에게 이를 보고하고 양해를 구했는데, 고객은 당연히 노발대발하며 D 차장을 문책했다. 그 장면을 옆에서 보는 나는 또 화가 치밀어 올랐다.

'아니, 우리가 놀았어? 일부러 그랬어? 아니 사고는 당연히 날 수 있는 거 아니야? 그거 감안해서 프로젝트 공수를 잡았어야지. 지들이 돈 아끼려고 기간도 짧게, 사람도 적게 계약했으면서 그거 가지고 화를 내?'

내가 가서 한바탕 싸울까 생각하고 있는데, 어느새 D 차장은 고객을 달래고 와서 작업을 다시 시작하라고 얘기했다. 여전히 내 화는 가라앉지 않았지만, 일단은 D 차장이 얘기를 다 끝내고 왔기 때문에 분을 삭이면서 일을 계속했다.

지금 생각해보면 어찌 되었든 내가 실수해서 일주일 지연이 된 것은 맞기 때문에 D 차장처럼 고객을 잘 달래는 게 제일 좋은 방안이었다. 내가 생각한 대로 가서 같이 죽자고 달려들면 아마 일은 일대로 해결도 안 되고 프로젝트는 뒤집혔을 가능성이 컸다. 하지만 그때의 나는 쌈닭이나 마찬가지였기 때문에 싸워도 될 상황과 싸우면 안 될 상황을 구별하지 못하고 일단은 그냥 다 싸우고 싶어 했다.

프로젝트가 끝나고 몇 년 뒤, 선배 두 명과 후배 한 명이 같은 고객사로 프로젝트를 들어갔다. 그리고 그 프로젝트의 협업 담당자가 이제는 과장이 된 P 대리였다. 프로젝트를 진행하기에 앞서서 프로젝트에 투입된 사람들과 P 과장이 함께 식사 자리를 가졌다. 얘기를 나누다 보니 내 얘기도 화두에 올랐다고 했다. P 과장이 그때를 회상하며 내 후배에게 '제호 대리가 그때 나에게 세상 너무 차갑게 얘기해서 매우 섭섭했다'라고 얘기한 것이 후배를 통해 내 귀에 들어왔다.

돌이켜 생각해보면 아무리 봐도 그 당시 P 대리에게 그렇게까지 날을 세워서 얘기할 필요가 없었다. 고객의 컴플레인에도 그렇게 화를 낼 이유가 없었다. 하지만 자기중심적인 생각과 잘하고 싶다는 생각이 합쳐진 그때의 내 마음은 너무나도 탁했다. 그래서인지 자꾸 싸울 일이 아닌데도 싸우고 싶었던 것 같다.

요새는 그때를 반면교사 삼아서 최대한 싸우지 않고 넘어가려고 하는 편이다. 얘기가 잘 통하지 않으면 최대한 "아, 그래요?"라고 얘기하고선 듣는 둥 마는 둥 하고 넘어가는 스킬도 익혔다. 그러다 보니 이제는 반대로, '이거 혹시 싸워야 하는 타이밍인데 내가 너무 안 싸우나?' 하는 생각이 들기도 한다.

싸울 것이냐 말 것이냐. 그것이 문제로다.

회사 안에서나 선배 아닌가요?

‘회사 안에서나 선배니까 보지, 밖에서는 상종도 하지 않을 사람이 있다. 반면에, 회사 안에서도 밖에서도 선배 같아서 오래 보고 싶은 사람도 있다.’

이렇게 말하면 머릿속에 떠오르는 사람이 있지 않은가? 밖에서 상종하기도 싫은 선배만 떠올랐다면, 당신에게 심심한 위로의 말을 건넨다. 안팎에서도 만나고 싶은 선배만 떠올랐다면, 축하한다. 당신은 인복이 있는 사람이다. 하지만 보통은 어느 한쪽만 떠오르는 것이 아니라 양쪽 다 머릿속에 각각 떠오르지 않을까 싶다. 그리고 나도 저 말을 들으면 각각 떠오르는 사람이 있다.

H 부장은 프로젝트 회식 자리에서 처음 만났다. 같은 팀 선배지만 속한 그룹이 다르기에 한 번도 본 적이 없었다. 또한 같은 프로젝트 소속이어도, 업무도 다르고 일하고 있는 층도 달라서 만날 일이 없었다. 팀장이 프로젝트에 방문해서 잡힌 이 회

식 자리에 사원과 대리는 전체를 통틀어서 나 혼자뿐이었기 때문에 나는 그 자리가 너무 불편했다. 그나마 그룹 내 직속 선배나 팀장 정도가 예전부터 어느 정도 알고 지내던 사람들이라 말을 섞을 수 있었다. 그 외 사람들은 대부분 낯선 사람들뿐이었다. 그래서 자리를 이곳저곳 옮겨 다니면서 최대한 아는 사람이 있는 자리를 찾아 다녔다.

그렇게 자리를 몇 번이나 옮겨 다니다가 문제의 H 부장 옆에 앉게 되었다. 그리고 내 앞에는 팀장이 앉아 있었다. 팀장은 내가 앞자리에 앉은 것에는 관심이 없었고 사람들에게 남은 안줏거리가 있는지 물어보고 있었다.

"여기, 도토리묵 벌써 다 먹었나?"

"도토리묵 싹~ 다 먹고 없죠, 이제."

H 부장이 능청스럽게 대답했다.

"아, 다 먹었으면 이제 일어나야겠네."

안주가 다 떨어진 것을 본 팀장은 실망스럽다는 듯이 얘기했다. 팀장이 자리를 뜨려 하자 내 옆에 있는 H 부장이 내 어깨를 툭툭 쳤다. H 부장을 쳐다보니 손가락으로 식탁 아래를 가리켰다. 손가락을 따라서 식탁 아래를 보니 도토리묵이 보였다. 알고 보니 H 부장이 도토리묵을 딴 그릇에 옮겨 담아 식탁 아래에 숨겨놨던 것이다. H 부장이 말했다.

"네가 술자리를 지겨워하는 것 같아 내가 일부러 이거 숨겨서 빨리 끝나게 도와준 거다?"

초면에 대뜸 반말로 나를 도와줬다며 으스대는 게 무례하게도 느껴졌고 탐탁지도 않았지만, 어차피 회식은 그 시점에서 끝이 났기 때문에 그러려니 하고 넘어갔다.

그리고 다음 날, 일하고 있는데 휴대폰에 낯선 번호로 전화가 걸려 왔다. 회사 시스템에 그 번호를 검색해보니 전날 회식자리에서 본 H 부장의 휴대폰 번호였다. 평소에 전화는커녕 업무상 메일도 주고받지 않던 사이였고, 전날 회식에서 처음 보고 말을 딱 한 마디 나눴을 뿐인데 갑자기 전화가 와서 매우 당황스러웠다. 어쨌든 마음을 가다듬고 전화를 받았다.

"여보세요."

"어, 나 H인데, 우리 쪽 작업 다시 해줘."

전화를 받자마자 대뜸 반말로 얼토당토않은 요구를 하는 H 부장의 목소리가 들려왔다.

"그렇게 말씀하시면 제가 어떤 작업인지 몰라서요, 작업 리스트 보내주실 수 있을까요?"

"아, 뭘 그렇게까지 해. 그냥 네가 알아서 찾아서 해."

역시나 전날과 마찬가지로 무례한 태도였다. 내가 하급자라는 이유만으로 하대하는 사람임을 직감했다. 그래서인지 나도 말이 점점 격하게 나왔다.

"몇백 개나 되는 작업을 일일이 바꿀 건지 아닌지 다 확인해서 고쳐달라고요? 아니, 그냥 리스트 갖고 계신 것 중에 분류해서 주시면 되잖아요."

"아니, 하라면 하지 뭐 말이 많아?"

"뭐라고요? 아니, 업무 요청을 하시려면 최소한 기본적인 내용은 보내주고 요청을 해야 할 거 아닙니까! 그냥 막무가내로 시키면 다 되는 줄 아시나요?"

"아니 이 새ㄲ…"

통화 도중 분을 못 이겨서 대화가 다 끝나기도 전에 전화를 끊어버렸다. 언성이 높아진 상태로 통화 중이었으니, 주변 사람들의 시선은 나에게 집중되어 있었다. 하지만 사람들의 시선과 상관없이 나는 화가 머리끝까지 나서 피가 거꾸로 솟는 느낌이었다. 당장에라도 폭발하기 직전이었다. 마음 같아서는 당장 찾아가서 멱살잡이라도 하고 싶었다. 하지만 회사니까 참아보자는 마음으로 밖에 나가서 20분간 무작정 걸어 다녔다. 겨우겨우 분을 삭이고 돌아왔다.

결국 업무 리더인 C 부장이 나서서 상황을 수습했다. 수습이라고는 했지만, H 부장과 나의 사이를 중재한 것은 아니다. C 부장이 그냥 몇백 개나 되는 작업을 일일이 다 확인하는 수고를 통해 마무리 지은 것이다. H 부장이 C 부장보다 더 선배였기 때문에 C 부장 성격상 그냥 본인이 일을 다 해버린 것이다. 그 모습을 옆에서 보던 나는 H 부장이 더 미워졌다. 그래서인지 이 일은 불과 24시간이 채 되지 않는 시간 동안 일어난 일이었음에도, 아직도 나는 회사 밖에서 상종하기 싫은 선배라고 하면 저 H 부장이 제일 먼저 떠오른다.

그 H와는 정반대의 선배도 있다. K 부장은 평소에도 워낙 유순한 성격이라 다들 대하기 편해하는 편이다. 그뿐만 아니라 업무적으로도 타의 추종을 불허하는 능력을 갖추고 있다. 내가 하는 업무와 관련된 기술에서라면 내가 아는 모든 사람을 통틀어서 세 손가락 안에 꼽힐 정도로 넓고 깊은 지식을 가졌다. 그리고 후배들이 회사에서 화나는 일이 생기거나 업무적으로 어려운 일을 겪으면 오히려 나서서 달래주고 어려운 일을 해결해주는 좋은 선배다. 그런 K 부장도 단점 아닌 단점이 하나 있다. 하지만 아이러니하게도 그 단점으로 인해 K 부장과 가까워졌다.

회사 내에서 종종 K 부장과 술자리를 가질 일이 몇 번 있었었다. 그 술자리는 대부분 전체 회식 자리이거나 더 윗급의 선배들이 같이 있는 자리였다. 그렇기에 K 부장과 따로 편하게 술자리를 가져본 적은 없었다. 그러던 어느 날, 내 바로 1년 밑의 후배가 회사를 그만두겠다는 소식을 알려 왔다. 나야 뭐 후배가 더 좋은 곳을 찾아 떠난다는데 말릴 이유가 없어 박수로 보내주려 했다. 하지만 K 부장은 나와 후배의 업무 리더인 입장인지라 말려야 하는 처지였다. 그래서 K 부장은 그 후배에게 한잔하자며 술자리를 마련했다. 그리고 그 후배를 회유해보라며 나와 내 동기 S를 그 자리에 불렀다. 후배와 나이대가 비슷하니 후배 입장을 잘 헤아려서 자신과 함께 설득해달라고 부른 것이다. 그렇게 총 네 명이 술자리를 가졌다. 안주를 시키고 술을 한 잔, 두 잔 따르다가 드디어 K 부장이 본론을 꺼냈다. 후배가 회사에 남아야 하는 여러 가지 이유도 얘기하고 회유책을 써가면서 붙잡으려 했다. 하지만 후배는 요지부동이었다. 그러자 K 부장은 나와 동기 S를 보며 말했다.

"하…. 너희가 좀 얘기해봐. 내가 뭐 너희 또래 마음을 도통 모르니까 설득을 못 하겠다야."

K 부장은 나와 S에게 후배를 설득해보라고 했다. 지금 생각해보면 K 부장은 그때까지 나를 잘 몰랐던 게 확실하다. 나를 아는 사람이라면 저런 상황에선 절대로 나를 부르지 않았을 것이다. 나는 K 부장의 기대를 보기 좋게 배신하고 오히려 후배 편을 들었다.

"아니, 무슨 설득을 해요. 얘를 뭐라 하면서 잡아요? 돈을 더 줄 수도 없고, 처우를 개선해줄 수도 없는데, 어떻게 잡아요. 무슨 명분이 있어야 잡지. 나 같아도 나가겠구먼."

"야, 본사에서 내 옆에 1년간 있으면서 회복도 좀 하고 쉬라는 게 처우 개선 아니야?"

"그럼 1년 지나고는요? 다시 프로젝트 나가서 그 거지 같은 꼴을 보라고요?"

"하…. 야, 말을 뭐 그렇게 하냐. 그게 왜 거지 같은 꼴이야."

"아니, 말은 바로 해야죠, 맨날 나가서 야근에 주말 근무에 고생은 고생대로 하는데 고객은 고객대로 갑질하고 옆 그룹 사람들은 같은 팀인데도 우리를 하청 부리듯이 하잖아요. 일에 치이고, 고객에 치이고, 옆 그룹에 치이고. 이게 거지 같은 꼴이 아니면 뭐예요. 말하고 보니까 거지 같네, 정말."

어느새 그 자리는 우리가 후배를 설득하는 자리가 아니라 K 부장과 내가 설전을 벌이는 자리로 변해 있었다. 그 와중에도 꼬박꼬박 술은 계속 마시면서 얘기를 이어나갔기 때문에, 어느덧 다들 술기운이 많이 올라와 있었다. 술을 잘 못하는 후배는 분위기를 살피더니 먼저 일어나겠다며 슬며시 자리를 떴다. 그러거나 말거나 본래 취지를 잊어버린 나와 K 부장의 설전은 계속되었다. 동기 S는 그 옆에서 곤란한 표정으로 떠나지도 못하고 계속 같이 술을 마셨다.

어느덧 밤은 깊어가고 술이 잔뜩 들어간 K 부장이 술주정을 시작했다.

"아이 개XX들아. 내가 걔 좀 잡으라고 불렀지, 등 떠밀라고 불렀냐. 이 형이 뭘 그리 잘못해서 너희가 나한테 이러냐. 응?"

"아, 뭘 잘못해요, 잘못은 회사가 했지."

"아니, 그러니까 인마! 형이 뭘 해주면 되냐고 묻잖아!!"

"하긴 뭘 해요, 해줄 수 있는 게 없는데."

술을 거나하게 들이켠 K 부장은 나에게 욕을 섞어가며 얘기를 시작했다. 그렇게 한참을 주정하던 K 부장은 술자리가 끝나갈 무렵 우리에게 이렇게 얘기했다.

"니들이, 인마! 힘들면 형한테 얘기를 해야지!! 새끼들아. 그래야 형이 술도 사주고 응? 마!"

"술도 사주고 뭐요, 술 말고 뭐 또 되는 거 있어요?"

"술… 말고 없긴 한데!! 그래도 인마!! 그런 게 있잖아!!"

이렇게 K 부장이 우리에게 서운함을 반쯤 토로하고는 그날의 술자리는 마무리되었다.

생각해보면 그날 욕은 진짜 원 없이 먹었다. 하지만 그 욕이 정말 나에게 화가 나거나 내가 미워서 하는 욕이 아니라 친근감의 표시라는 것이 느껴졌다. 그래서 그 상황이 아무렇지도 않았다. 오히려 'K 부장이 우리를 이렇게 신경 써주는구나.' 하는 생각이 들기도 했다. 또 '이 사람은 회사 밖에서도 편하게 만날 수 있을 것 같고, 회사 안팎을 떠나서 든든한 인생 선배라고 생각해도 되겠구나.' 하는 생각도 들었다. 물론 그때도 술만 사줄지도 모르지만 말이다.

회사생활을 하다 보면 이처럼 다양한 선배들을 볼 수 있다. 상종하기 싫은 선배와 회사 밖에서도 보고 싶은 선배. 이런 극단적으로 다른 유형의 선배들을 만나다 보니 문득 궁금해졌다. '과연 후배들에게 나는 어떤 유형의 선배로 인식되고 있을까?' 지금 내가 후배들에게 어떤 이미지일지는 잘 모르겠다. 하지만 적어도 회사 밖에서 마주치지 않았으면 하는 선배는 되지 않도록 노력해야 하지 않겠나 싶다. 그러기 위해선 아직 갈 길이 멀지만 말이다.

그런데 이런 일들을 겪고 돌아보니 신기한 점이 하나 있다. 몇 년이 지난 지금까지도 상종하기 싫은 선배 TOP 3 안에 드는 H 부장은 나와 정말 짧게 얘기했을 뿐이고 욕은 단 한 마디도 안 했다. 정작 밖에서도 만나고 싶은 선배인 K 부장은 저 날을 기점으로 여전히 술자리에서 나와 만날 때마다 나에게 세상 욕이란 욕은 다하고 있다. 욕은 안 했지만 최악인 H 부장과 맨날 욕하지만 친근한 K 부장. 이런 걸 보면 역시 말투도 중요하지만, 그전에 먼저 사람의 됨됨이가 중요함을 느낀다.

미운 사람이 큰 힘이 될 때

'당신 주변에 열 명이 있다고 치자. 당신이 무슨 짓을 하든 열 명 중 일곱 명은 당신에게 아무런 관심이 없다. 그리고 두 명은 당신을 좋아한다. 마지막으로 나머지 한 명은 당신을 싫어한다'라는 말이 있다. 비단 회사뿐만이 아니라 어느 집단을 가든지 다 통용되는 말이다. 그런데 반대로 생각하면 당신이 옆의 누군가를 바라볼 때도 비슷할 수 있다. 내 옆에 열 명이 무슨 짓을 하든 나는 그중에 두 명을 좋아하고 일곱 명에게는 관심이 없을 수 있다. 그리고 나머지 한 명은 매우 싫을 수 있다. 그리고 나에게도 당연히 그런 한 명이 있었다.

C 부장과는 일을 같이해본 적이 거의 없었다. 딱 한 번, 신입사원 때 부서에 처음 온 나에게 C 부장이 일을 준 적이 있었다. 기술문서를 매일 한 페이지씩 읽고 분석해서 퇴근 전에 자신에게 설명해주고 퇴근하라고 했다. 지금 생각하면 애초에 잘못된 지시였다. 아무리 기술문서가 한 페이지밖에 안 된다 한들, 기초

지식이 없는 신입사원이 그 문서를 이해하고 설명하기란 쉽지 않은 일이기 때문이다. 당연히 신입사원의 역량 강화를 위해서 시킨 일도 아니었다. 그래서 처음 내가 이 일을 받았을 때, 나는 그저 막막할 뿐이었다. 그렇더라도 일단은 업무 지시를 받은 셈이니 하긴 해야 했다. 바로 그날 퇴근 전에 C 부장에게 가서 모자라는 지식으로 내가 분석한 내용을 열심히 설명했다. 하지만 그 내용이 C 부장의 마음에 들 리 없었다. C 부장은 내가 분석한 문서를 보며 방금 그 설명은 틀렸다고 지적하기도 했다. 상황이 이렇다 보니 C 부장에 대해 좋은 이미지를 가질 수 없었다.

'아니, 자기가 보고 지적할 정도면 그냥 자기가 하면 안 되는 거야? 왜 굳이 날 시켜?'

그렇게 이미 마음속으로 엇나간 나는 그다음 날부터 C 부장에게 보고하지 않고 퇴근해버렸다. 신입사원이 부장이 준 일에 대해 보고도 하지 않고 그냥 집에 가버리다니, 지금 생각하면 간덩이가 아주 부은 행동이었다. 그렇게 시간이 지나 4일째 되던 날 C 부장이 나를 불렀다.

"제호야, 내가 퇴근하기 전에 그거 설명하고 가라고 했는데 왜 안 하고 가??"

"아 그거요? 보니까 어려워서요."

"그래도 보고하고 가야지."

지금 생각하면 아마 C 부장도 많이 참고 좋게 타일렀던 것 같다. 하지만 안하무인이었던 나는 그 뒤로도 멋대로 퇴근했다.

그러자 C 부장도 더 이상 나에게 말을 걸지 않았다. 그로부터 몇 년 뒤, 나는 C 부장과 프로젝트를 나가게 되었다.

C 부장은 원래 남들과 싸우거나 누구에게 싫은 소리를 하는 성격이 아니었다. 그러다 보니 프로젝트에서 회의를 다녀오면 더 연차가 높은 선배나 PM(프로젝트 매니저)에게 일을 잔뜩 받아 오기 일쑤였다. 나는 내 업무 리더라면 당연히 회의에 가서 받을 일은 받고 아닌 일은 아니라며 딱 잘라서 일을 좀 덜어줘야 한다고 생각했는데, C 부장은 그와 정반대의 타입이었다. 심지어 C 부장은 일을 너무 못하는 외주 컨설턴트의 일을 대신해줄 때도 있었다. 옆에서 나는 '저 컨설턴트를 조져서 일을 제대로 하게 만들어야지, 그걸 왜 자기가 대신해줘?'라며 좋게 보지 않았다. 이미 C 부장에 대해 좋지 않은 이미지를 가지고 있던 나는 C 부장의 저런 모습들로 인해 C 부장을 차츰 미워하게 되었다. C 부장도 내 태도를 어렴풋이 눈치를 채서 그런지 나와 C 부장의 사이는 몇 달간 꽤 먼 거리로 유지되었다.

그렇게 지내던 어느 날, C 부장과 나의 사이를 급격하게 변화시킨 사건 두 개가 발생했다. 첫 번째 사건은 프로젝트를 수행한 지 반년 정도 지났을 무렵 일어났다. 나는 프로젝트 서버에 최신 패치를 적용하기에 앞서서 팀에서 연습용으로 사용하는 서버에 먼저 적용해보고 있었다. 그 과정에서 잘 풀리지 않는 부분이 있었는데, 깊은 고민을 하지 않고 그냥 무모하게 작업을 강행했다. 결국에는 팀 서버가 망가져 며칠간 사용할 수 없는 상태가 되었다. 그러자 C 부장이 처음으로 나에게 화를 냈다.

"작업을 할 거면 신중하게 해야지! 너 왜 그걸 매뉴얼대로 안 하고 네 맘대로 하는 거야?? 어?? 일 자꾸 그따위로 할래??"

난생처음 보는 C 부장의 모습에 나는 어안이 벙벙해져서 아무 대꾸도 하지 못했다.

그렇게 몇 시간이 지나 퇴근 시간이 다가올 무렵 갑자기 C 부장이 나를 메신저 방에 초대했다. 나뿐만 아니라 프로젝트에 같이 투입된 후배도 초대했다. 그러고선 '퇴근하고 삼겹살 먹을 사람?'이라고 물어보았다. 프로젝트 시작 후 반년간 단 한 번도 C 부장이 나와 후배에게 그런 얘기를 한 적이 없었기에 직감적으로 느꼈다. '아 화해하자는 얘기구나.' 나와 마찬가지로 상황을 이해한 후배는 약속이 있다며 슬며시 빠져 먼저 퇴근했다. 결국 C 부장과 나는 퇴근 후 단둘이 삼겹살집에 가서 소주를 기울였다. 그런데 이상하게도 C 부장이 오늘 있었던 일에 대해서는 한마디도 하지 않는 것이 아닌가. 계속해서 시답잖은 얘기만 주거니 받거니 하던 나는 참지 못하고 C 부장에게 말했다.

"근데, 오늘 뭐 하실 얘기 있으셔서 삼겹살 먹자고 하신 거 아니에요?"

"아니, 나는 그냥 삼겹살 먹고 싶어서 먹자고 한 건데?"

기가 찼다. 분명히 오늘 일 때문에 부른 것 같은데 아니라고 하니 오기가 생겨 오히려 내가 먼저 말을 꺼냈다.

"그럼 제가 할 얘기가 있으니까, 제 얘기 한번 들어보시죠."

"어어…? 그, 그래."

"아니, 솔직히 오늘 좀 너무한 거 아닙니까? 제가 뭐 고객사 서버를 날려 먹었어요? 원래 우리 팀에서 연습하려고 갖다 놓은 서버에서 그런 거잖아요. 원래 그 서버 용도가 그런 거 아닙니까? 아니 그리고 우리 서버 돈 안 내고 몰래 쓰는 거라 돈도 안 드는 거 뻔히 다 아는데 뭐가 문제예요? OS 날아간 거는 내가 센터 가서 다시 설치하면 되는 문제잖아요."

"아니. 사람들이 손가락질할까 봐 그런 거지."

C 부장의 얘기를 들은 나는 다시 발끈해서 말을 이었다.

"손가락질 좀 하면 어때요? 이제 부장이시잖아요. 오히려 제가 벌벌 떨고 부장님이 당당하게 그게 뭐 어떠냐고 해주셔야 하는 거 아녜요?"

"제호야 그게 그렇게 잘 안 된다. 나도 내 사정이 있어. 그게…."

이 얘기를 시작으로 C 부장은 자신의 신세 한탄을 늘어놓았다. 화가 나서 쏘아붙이고 있던 나는 '어디 한번 얼마나 이상한 소리를 하는지 들어보자'라며 C 부장의 얘기를 들었다. 근데 이게 또 웃기게도, 듣다 보니 어느새 내가 거기에 감화가 되어 위로해주고 있는 게 아닌가. 그러다 보니 시간은 밤 10시가 되어버렸다. 못다 한 얘기를 남겨두고, 서로 입장이 뒤바뀐 상태로 그날의 술자리는 그렇게 끝났다. 그리고 나는 그날을 경계로 약간이나마 C 부장을 이해하기 시작했다. 내가 마냥 싫어하던 옆자리 부장은 나와 마찬가지로 온갖 고민과 걱정을 끌어안고 하루하루 열심히 살아가는 사람이라는 것을 알았기 때문이었다.

두 번째 사건은 프로젝트가 막바지로 향할 무렵에 일어났다. 나는 너무 많은 일에 허덕이며 정신을 차리지 못하고 있었다. 업무 특성상 내 일은 나 혼자서 하는데, 나에게 업무 요청을 하는 사람은 약 백여 명에 가까웠다. 아직 일에 요령이 없던 나는 밤낮없이 일들을 해결해나갔다. 하지만 내 입장을 모르는 사람들은 여전히 나의 신경을 거스르며 (내 기준으로) 바보 같고 중요하지 않은 업무 요청을 나에게 던졌다. 나중에는 너무 지친 나머지 사람들에게 메일을 보낼 때, 메일의 하단에 있는 서명란에 서명 대신에 다른 문구를 넣었다. 나도 사람이니 전화 한 통 걸 때, 메일 한 통 보낼 때 잘 고려해서 업무 요청을 달라는 문구였다. 그리고 일주일 뒤 사건이 터졌다.

팀 선배인 S 부장이 나에게 몇 가지를 문의했다. 시간은 밤 8시였다. 그 시간에 나는 퇴근해서 집으로 향하던 중이었다. 사실 별로 중요한 일도 아니었는데, 나는 그 당시 일의 경중을 가릴 능력이 없었다. 그래서 부랴부랴 집에 도착해서 밤 9시부터 다시 회사 시스템에 접속했다. 자정까지 끙끙거리며 일을 해결했다. 그러고는 S 부장에게 해결했다고 답신했다.

다음 날 S 부장이 노발대발 난리가 났다. '사원 나부랭이가 미쳐서 부장인 자신에게 신중하게 메일을 보내라고 훈계했다'는 것이었다. 결국에는 PM이 S 부장과 내 업무 리더인 C 부장을 호출했다. 그리고 그 자리에서 C 부장이 나를 대신해서 해명했다.

제호가 S 부장을 겨냥해서 한 말이 아니라 요새 일이 많고 힘들다 보니 메일 서명란에 써둔 말이라고. 그래서 모든 메일 하단에 그렇게 문구가 달려 있었노라고. 그 뒤로 무슨 얘기가 오고 갔는지까지는 전해 듣지 못했다. 어쨌든 C 부장이 돌아와서는 나에게 힘없는 목소리로 한마디했다.

"제호야, 그냥 S 부장님한테 사과 메일 하나 써. 그리고 그 문구는 지워라."

C 부장의 얘기에 나는 화가 머리끝까지 났다. 밤 8시에 전화해서 일을 시켜놓고선 제 발이 저려서 저 혼자 화를 낸 건데, 그런 놈에게 사과 메일을 쓰라니. S 부장의 멱살을 당장이라도 붙잡고 패고 싶었다. 하지만 힘없이 자리에 앉아있는 C 부장을 보니 차마 그럴 수 없었다. 그래서 울며 겨자 먹기로 사과 메일을 쥐어짜 보냈다.

다음 날, C 부장이 프로젝트에 속해 있는 우리 파트원 모두에게 밖에 나가서 점심을 먹자고 했다. 평소에는 근처 음식점에서 외식을 했지만, 그날은 C 부장의 차를 타고 근사한 곳으로 가서 점심을 먹었다. 그날 저녁 집에 가면서 생각에 잠겨 있다 문득 알아챘다. 점심에 C 부장이 일부러 내 기분을 풀어주려 근사한 곳에 데려가 준 것임을 말이다. 하지만 그와 동시에 '이렇게 수고로움을 들여서 기분을 풀어주느니 애초에 어제 PM이랑 S 부장이 있는 자리에서 나를 변호해줬으면 이럴 필요도 없었을 텐데. 굳이 나한테 사과 메일을 쓰게 하고선 밥을 사주는 건 또

뭐람. 병 주고 약 주고인가.' 하는 생각이 들었다.

그렇게 생각하던 중, 사실 그동안 여러 회의 자리에서 나 대신 욕을 먹었고, 그걸로도 수습이 안 되는 상황이라 사과 메일을 쓰라고 했을 수도 있겠다는 생각이 들었다. 그리고 그동안 내가 안하무인으로 사람들하고 싸우면서도 별 탈이 없었던 건 그게 별일이 아니라서가 아니라, 애초에 C 부장이 나 대신 늘 혼나서일 수도 있겠다는 생각도 들었다. 내 생각이 맞다면, C 부장은 그동안 늘 나 대신 혼이 나면서도 그 일로 나를 꾸짖거나 혼을 낸 적이 없었던 셈이다.

그제야 알았다. 내가 미워하는 사람이 사실 나에게 가장 큰 힘이 되어주고 있을지도 모른다는 것을.

결국 이 사건을 마지막으로 C 부장을 보는 내 시선은 극적으로 바뀌었다. 마냥 미웠던 사람에서 선배로서 후배의 잘못을 대신 책임져주고 감당하는, 그러면서도 후배에게 내색하지 않는 멋진 선배로 말이다. 그리고 덕분에 이제는 미운 사람이 생겨도 한 번 더 생각을 하게 되었다. '혹시 저 사람도 C 부장처럼 내가 모르는 좋은 점을 가지고 있지 않을까?' 하고 말이다.

사람, 사람, 사람

'놈놈놈'이라고 줄여서 부르는 영화가 있다. 원래 제목은 〈좋은 놈, 나쁜 놈, 이상한 놈〉이지만 편하게 '놈놈놈'이라고 줄여 부른다. 회사에도 '사람, 사람, 사람'이 있다. 일을 '시키는' 사람, 일을 '안 하는' 사람, 일을 '못하는' 사람. 그들은 놀랍게도 우리 주변에 산재해 있으며, 정신을 차리지 않으면 어느새 우리의 회사생활을 망치기 일쑤다.

일을 '시키는' 사람

군대에는 분대장이라는 직책이 있다. 분대는 병력 편성의 초소 단위로, 적게는 3~4명 많게는 8명까지 한 분대로 편성된다. 이 분대를 이끄는 장이 바로 분대장이다. 이 분대장은 보통 부사관인 하사나 일반 병사인 병장 또는 상병이 맡는다. 그런데 육군의 '병영생활 행동강령'이라는 군대의 기본적인 행동 양식에는 이런 말이 있다. '분대장을 제외한 병 상호 간에는 명령이

나 지시, 간섭을 금지한다.' 다시 말하자면, 분대장이 아닌 병사끼리는 서로 명령하거나 지시, 간섭을 하지 말라는 얘기다. 하지만 세상일이 그렇게 돌아가던가? 생활하다 보면 자연스레 일, 이등병은 분대장이 아닌 상, 병장의 말도 거역할 수가 없다. 비록 육군에서 규정으로 못 박아두었지만, 단속도 되지 않고, 단속할 의지도 없으므로 이러한 관습은 오랫동안 사라지지 않았다. 회사에도 이와 비슷한 예가 있다. 본디 내 업무에 대한 지시는 부서장이나 업무 리더에게서 내려오기 마련인데, 선배라는 이유로 나에게 일을 시키려는 경우가 그런 예다.

모 프로젝트에서 나는 업무 리더와 함께 열심히 일하고 있었다. 그러던 중에, PM(프로젝트 매니저)이 내 업무 리더에게 3일 뒤까지 마감해야 하는 업무를 하나 지시했다. 하지만 업무 리더는 3일 뒤에 건강검진이 예약되어 있었다. 따라서 리더는 PM과 논의하여 1, 2일 차는 본인이 업무를 하고 3일 차에는 부서에서 대타 한 명이 와서 하루치 업무를 하기로 합의하였다. 그 일은 나름대로 경험이 많이 쌓인 사람이어야 수행 가능한 일이기 때문에, 그 당시 사원 3년 차였던 나는 도와줄 수 없는 일이었다. 그래서 나는 2일간 업무 리더와는 다른 업무를 진행했다. 그리고 3일 차에 업무 리더의 대타로 S 차장이 프로젝트를 방문했다. S 차장은 PM에게 인사하고, 업무 리더의 자리로 가서 업무 리더가 모아놓은 자료와 문서를 살펴보았다.

한 시간 정도 지났을 무렵, S 차장이 나를 불렀다.

"제호야, 커피 한잔하러 갈까?"

S 차장을 따라서 카페에 가서 앉았다. 요즘 생활은 어떤지, 프로젝트 진행은 어떤지 등 잠시 시답잖은 얘기를 주고받았다. 그리고 잠시 후, S 차장이 본론을 꺼냈다.

"너 올해 몇 년 차지?"

"이제 3년 차입니다."

"음…. 그러면 이제 이런 일도 한번 해볼 때가 되지 않았니? 이런 것도 한번 해봐야 해."

그렇게 S 차장은 자기가 하던 일을 아무렇지 않게 나에게 떠넘기려 했다. 지금이라면 생각도 해보지 않고 싫다고 대답할 것이다. 하지만 그때의 나는 S 차장의 숨겨진 의도를 알 수 없었다. 그래서 정말 진지하게 내가 저 일을 해보면 어떨지 생각해보았다. 그리고 잠시 후 솔직하게 대답했다.

"아뇨, 저는 그 일을 하기에는 아직 많이 모자라다고 생각합니다."

나는 진심으로 내 역량이나 경험이 모자라다고 생각했기 때문에 완곡하게 거절했다. 지금 생각해보면 얼마나 다행인지 모른다. 그대로 일을 이어받았더라면, 그 뒤의 후폭풍은 내가 다 뒤집어썼을 테니 말이다. 어쨌든 S 차장은 그런 내 대답에 실망하고는 커피만 만지작거렸다. 그때 S 차장의 뒤로 PM이 지나가다가 이 광경을 보았다. 그러자 PM은 우리가 있는 곳으로 다가와서 S 차장에게 말했다.

"너, 이 새끼. 내가 일하라고 불렀지, 커피 처마시라고 불렀어? 마감이 오늘까지인 거 몰라?? 일 안 해??"

PM의 불호령이 떨어졌다. S 차장은 황급히 자리로 돌아가 일했다. 나는 그 옆에 앉아서 그 외 잡다한 업무들을 처리했다. 그러다가 오후 3시쯤 갑자기 S 차장이 슬며시 짐을 싸더니 나에게 말했다.

"제호야, 나는 본사에 일이 있어서 간다."

그러고는 휙 하니 사라졌다. S 차장이 떠나고 나서 나는 바로 S 차장이 수행하던 업무의 진행 상황을 확인해보았다. 놀랍게도 업무는 조금도 진행되어 있지 않았다. 잠시 후 PM이 와서 S 차장을 찾았다.

"제호야, 얘 어디 갔냐?"

"본사에 일 있다고 가셨어요."

"뭐?? 이 새끼 또 일 안 하고 튀었어??"

그제야 알았다. 아까 S 차장이 나에게 물어본 것은 본인이 일하기 싫어서 떠넘기려 한 것임을 말이다. 그리고 PM이 S 차장에게 다짜고짜 욕부터 한 것은 이런 일이 한두 번이 아니었기 때문이라는 것도 알았다. 그 덕분에 그날 이후로 나는 회사에서 누가 일을 시키려는 낌새가 보이면 일단 경계부터 하게 되었다.

일을 '안 하는' 사람

T 과장과는 고작 이틀 일했다. 하지만 그 이틀만으로 T 과장이라는 사람에 대한 판단이 끝났다.

T 과장과 나는 본의 아니게 같은 날, 같은 프로젝트에 투입되었다. 우리는 프로젝트 중간에 투입된 인력이어서 자리나 업무가 배정되지 않은 상태였다. 어쩔 수 없이 빈 회의실에 들어가서 그냥 대기하게 되었다.

잠시 후 프로젝트 리더 중 하나인 H 부장이 들어와서 말했다.

"둘은 아직 자리나 일이 배정 안 됐으니까 간단한 문서 하나 만들고 있어볼래? 문서 목차랑 작성에 필요한 시스템 구성도는 이미 있으니까, 보고 상세하게 만들기만 하면 돼. 내일 퇴근 전까지 부탁할게."

H 부장이 준 일은 어렵지 않았지만 약간은 성가신 문서작업이었다. 네 페이지의 문서를 둘이 나눠서 파워포인트로 만들면 되었다. 페이지 수는 적었지만 들어갈 내용이 많아서 시간이 오래 걸리는 일이었다. H 부장이 나가고 나는 T 과장의 지시를 기다렸다. 하지만 5분, 10분이 지나도록 T 과장은 말이 없었다. 그저 노트북으로 웹서핑만 할 뿐이었다. '뭐지?' 하는 생각이 든 나는 T 과장에게 말을 걸었다.

"총 네 페이지니까, 두 페이지씩 나눠서 만들까요?"

"어… 뭐… 그래도… 되고."

반응이 생각보다 매우 뜨뜻미지근했다.

"그럼, 어디 두 페이지 만드실 거예요? 나머진 제가 만들게요."

"어… 뭐… 아무 데나 해. 니가 뒤에 두 페이지 해."

목차는 쳐다보지도 않고 뒤에 두 페이지를 만들라고 하니 뭔가 좀 이상했다. 하지만 일단은 문서를 만들기 시작했다. 그렇게 퇴근 무렵까지 문서 한 페이지를 만들었다. 퇴근 준비 중 T 과장의 노트북 화면을 슬쩍 쳐다보았다. 놀랍게도 T 과장은 한 페이지를 만들기는커녕 그냥 도형 몇 개 그려놓고는 하는 둥 마는 둥 놀고 있었다. 일단 나는 내 할당량을 어느 정도 채웠다고 생각했기 때문에 먼저 퇴근했다.

다음 날 나는 오전부터 문서의 나머지 한 페이지를 만들기 위해서 고군분투했다. 시간은 좀 걸렸지만, 점심이 지났을 무렵 문서 두 페이지를 다 완성했다. 그러자 그 모습을 본 T 과장이 나에게 말했다.

"어…. 그럼 니가 한 페이지 더 만들래?"

순간 무슨 말인지 이해할 수 없었다.

"아뇨?? 무슨 한 페이지요? 추가 분량이요?"

"아니, 그 앞에 저 내용 있잖아."

"그 부분 만들고 계신 거 아니었어요?

"어… 그래야 하는데…."

T 과장은 전날 퇴근 전 내가 본 그 상태에서 진전이 하나도 없었다. 당연히 대리였던 나도 할 수 있는 일이니 T 과장이 내용을 몰라서 일을 못 한 것은 아닐 것이었다. 그냥 일하기 싫어서

안 했을 뿐. 그리고 그 일마저 나에게 미루고 싶은 모양이었다. 하지만 나는 내 할당량을 다 채웠으므로 절대로 T 과장의 일을 대신해줄 생각이 없었다. 그렇게 나 몰라라 하고 시간을 보냈다.

몇 시간이 지나서 퇴근할 무렵 H 부장이 회의실로 들어왔다.

"다 만들었어?"

그러자 T 과장이 말했다.

"어… 시간이 좀 걸리네요."

시간이 걸리는 게 아니라 자기가 일을 안 했을 뿐이면서 저렇게 뻔뻔할 수가. 나는 어이없는 표정으로 T 과장과 H 부장을 쳐다보았다. 그러자 H 부장이 말했다.

"음 그럼 지금 된 것까지만 줘봐."

그러자 T 과장이 웃으며 말했다.

"허허… 네…."

나와 T 과장은 지금까지 만든 문서를 H 부장에게 메일로 전송했다. 우리 문서를 훑어본 H 부장이 말했다.

"T 과장은 하나도 안 했네?"

"허허… 그게 그렇게 됐네요…."

"하… 이거 이러면 안 되는데…."

H 부장이 난감한 표정을 지었다. 그리고 말했다.

"그럼 제호 대리가 나머지도 좀 만들어줘."

"네?? 제가요??"

"어, 보니까 잘 만들었네. 이런 식으로 나머지도 만들면 돼."

이게 무슨 날벼락인가. 이럴 거면 뭐 하러 어제, 오늘 그렇게 열심히 문서를 만들었나 하는 생각이 들었다. 하지만 H 부장은 그 프로젝트에서 앞으로 내가 맡게 되리라 예상되는 업무의 리더였기 때문에, 그 자리에서 못 하겠다고 말하기는 쉽지 않았다. 결국 울며 겨자 먹기로 야근까지 해가며 문서를 완성했다. T 과장은? 놀랍게도 오후 5시에 재깍 퇴근해버렸다. 뻔뻔스럽기 짝이 없게도 말이다.

어찌 됐든 그날 이후로 나는 T 과장과 다른 업무로 배정되었기에 같이 일할 일은 더 이상 없었다. 하지만 고작 그 이틀간의 기억으로 내 머릿속에 T 과장은 일을 '안 하는' 사람으로 각인되었다.

그리고 몇 년 뒤, 다시 T 과장과 함께 일해야 하는 상황이 닥쳤다. 나는 저 때의 T 과장을 알기 때문에 극구 함께 일하기를 거부했지만, 회사 사정상 어쩔 수 없이 몇 개월간 같이 일하게 되었다. 그리고 역시나 T 과장 덕분에 나는 지옥을 맛보게 된다.

일을 '못하는' 사람

놀랍게도 이번에도 T 과장의 이야기이다. 사실 T 과장 이야기를 또 할까 말까 많이 망설였지만, 아무리 생각해봐도 이 이야기를 빼놓을 수는 없었다.

바로 위의 이야기로부터 몇 년 뒤, T 과장과 다시 한번 프로젝트를 수행하게 되었다. 이번에는 T 과장이 업무 리더이자 실무담당자였다. 프로젝트는 전체 6개월짜리 프로젝트였고, 나는 중간에 들어가서 3개월간 T 과장의 손발이 되어주면 되었다. 내가 프로젝트에 들어간 시점에는 이미 T 과장이 교통정리를 다 해서 시스템 정책이라든가 구성 방안, 그리고 그 사전 준비까지 다 해놓은 상태여야 했다. 분명 그래야 했다.

프로젝트에 들어간 첫날, 사람들에게 인사를 하고 자리에 앉아서 업무 파악을 시작했다. 시스템 구성은 어떤지, 앞으로 계획은 어떤지, 지금 어디까지 진행되었는지 등을 파악했다. 며칠간에 걸쳐서 업무를 파악해나갈수록 이상한 것들이 눈에 띄었다. 애초 계획된 일정과 지금 진행된 일정이 어긋난 것을 시작으로, 시스템 구성 자체의 여러 결함이 눈에 띄었다.

그리고 T 과장이 외주 엔지니어에게 시킨 작업을 점검하던 나는 눈을 의심할 수밖에 없었다. 우리가 관리하는 시스템들은 매우 독특해서 다른 시스템처럼 표준 환경으로 구성하면 안 되었다. 완전히 다른 시스템 환경으로 구성해야만 했다. 그렇기에 우리 부서 사람들은 외주 엔지니어들이 와서 작업을 할 때 당연히 이러한 사실을 알려주고, 어떻게 작업을 해야 하는지 가이드를 주곤 했다. 이러한 시스템 환경에 대한 이해는 신입사원일 때 배우는 기초 중의 기초였다. 하지만 프로젝트에 구성되어 있는 것은 우리에게 필요한 환경이 아닌 일반적인 표준 환경이었다.

나는 황급히 외주 엔지니어에게 찾아가서 물었다.

"여기 시스템 환경 구성이 표준으로 되어 있던데, T 과장님이 이거에 대해서 뭐라고 얘기 안 하시던가요?"

"아, 안 그래도 T 과장님께 어떻게 해드리면 되냐고 물어봤는데, 그냥 표준으로 해달라고 하시던데요?"

이 얘기를 들은 나는 머리가 띵했다. T 과장은 신입사원도 아는 기초 중의 기초도 모르는 상태에서 업무 지시를 내렸고 이에 따라 전체 시스템 환경이 완전 잘못 구성된 것이었다. 프로젝트가 최소 한 달은 지연될 만한 큰 결함이었다.

1초라도 빨리 조처해야 했다. 하지만 프로젝트에 들어온 지 며칠 되지 않은 대리 나부랭이가 업무 리더와 PM(프로젝트 매니저)에게 지금 작업을 다 취소하고 처음부터 다시 하자고 한들 씨알도 안 먹힐 것이 분명했다. 결국 나는 황급히 본사에 있는 파트장에게 전화를 걸었다.

"어, 제호야. 일은 어때? 할 만하니?"

"지금 일이 문제가 아니에요. 완전 큰일 났어요, 여기."

"큰일?? 무슨 큰일?? 무슨 일 있어??"

파트장에게 내가 찾은 치명적인 문제를 설명해주었다. 그러자 파트장이 심각한 목소리로 얘기했다.

"내가 내일 당장 거기로 갈게."

그렇게 통화가 끝났다.

그리고 잠시 후 파트장이 PM에게 전화로 다음 날 본인이 직접 회의를 주최하고 상황을 판단해야 하므로 프로젝트에 방문하겠다고 얘기했다. 그 얘기를 들은 PM은 전화를 끊고 나를 호출했다.

"제호 대리, 누구 마음대로 업무 리더를 제치고 나한테 얘기도 안 하고 본사에 얘기하라고 했죠? 이게 뭐 하는 짓입니까?"

"…."

이유가 어찌 됐든 절차를 무시한 것은 맞았기 때문에 아무 변명도 하지 않고 가만히 들었다.

"일단은 내일 온다고 하니까 오지 말라고는 하지 않는데, 앞으로 이런 일 없도록 하세요."

그렇게 PM의 꾸중은 마무리되었다.

그리고 다음 날, 프로젝트에 방문한 파트장은 업무 리더인 T 과장과 나를 회의실로 불렀다. 그리고 현 상태를 파악하기 시작했다. 한참 현 상태를 파악해본 파트장은 사태가 생각보다 더 심각하다는 것을 알았다. 일단은 일을 수습하기 위해 외주 엔지니어를 회의실로 불렀다. 파트장이 외주 엔지니어에게 물었다.

"과장님, 여기 계약이 언제까지로 되어 있으시죠?"

"아, 다음 주 금요일까지입니다."

"아, 그러시군요. 그런데 구성해주신 시스템이 사실은 저희 환경에 맞지 않아서요. 이걸 다시 해야 할 것 같은데, 그러면 시간이 얼마나 더 필요하실까요?"

그러자 외주 엔지니어는 놀라서 말했다.

"네? 잘못되어 있다고요? 저희는 표준대로 구성했는데요?"

"사실 저희 시스템은 기존과 다른 방식으로 구성해주셨어야 합니다."

"그래요? 근데 저희는 그걸 몰랐으니까 그대로 구성을 한 거고, 다음 주 금요일까지 다시 해드리기는 힘듭니다."

이제야 사태의 심각성을 눈치챈 T 과장이 껴들어서 얘기했다.

"아니 그럼, 모르면 저한테 물어봐야지 그동안 뭐 했습니까?"

순간, 회의실 안에 있는 모든 사람이 T 과장의 뻔뻔스러움에 할 말을 잃었다. 평소 온화한 파트장도 이 얘기를 듣고 어이가 없었는지, 조금은 격양된 소리로 T 과장에게 말했다.

"아니, 이분이 뭘 물어봐야 하는지 어떻게 압니까? T 과장이 먼저 우리는 이렇게 환경을 구성해야 한다고 가이드를 줬어야지요!"

파트장의 일침에 T 과장은 바로 조용해졌다.

회의가 끝나고, 사태를 회복하기 위해 파트장이 PM에게 가서 회의 내용을 보고했다. 어쩔 수 없이 PM은 프로젝트 예산의 일부를 융통해서 외주 엔지니어의 계약을 무려 한 달간 연장했다. 그리고 파트장은 본사에서 대기 중이었던 J 차장을 프로젝트에 2주간 투입시켰다.

결국 그동안 진행된 모든 작업을 리셋하고 인프라센터에 사정사정해가며 서버를 다 다시 구성했다. 그리고 외주 엔지니어, 나, J 차장 셋이 미친 듯이 일을 수습했다. 그렇다. 미친 듯이 일을 수습하는 사람들 틈에 T 과장은 없었다. 이 엄청난 사태에도 불구하고 T 과장은 끝까지 자기 일이 아니라는 듯 정시에 퇴근해버렸기 때문이다. 일을 '안 하는' 사람답게 말이다.

결국 일은 극적으로 수습되었지만, 그 여파로 인해 프로젝트가 종료될 때까지 약 3개월을 지옥에 있는 것처럼 힘들게 보냈다. 저녁 9시 이전 퇴근은 꿈도 못 꾸었고, 밤을 새우는 일도 비일비재했다. 끊었던 담배에 몇 번이고 손을 댈 뻔하기도 했다. 그렇게 힘들게 마무리하고 프로젝트는 어찌어찌 제때 종료되었다.

이러한 일들 이후로 다른 사람을 통해 다른 프로젝트에 가 있는 S 차장이나 T 과장의 소식을 종종 전해 들을 때가 있다. 그럴 때마다 그들과 겪은 일들이 새록새록 떠오른다. 그리고 뒤이어 매번 다짐한다. 앞으로의 프로젝트는 무조건 저런 '사람, 사람, 사람'들을 피해서 다녀야겠다고. 아니면 내가 제명에 못 죽을 테니 말이다.

불만이 있으면 말을 하라고요?
말하면 들어줍니까?

회사에 다니다 보면 일이 너무 많아서든 누군가와 사이가 좋지 않아서든 힘든 일이 생기기 마련이다. 그런데 그 힘든 일을 주변 사람들, 특히나 내 윗사람은 잘 모르는 경우가 많다. 심지어 과중한 업무와 스트레스로 인해 잠도 제대로 못 자고, 나날이 몸은 안 좋아지고, 살은 계속 빠지는데도 그냥 몸이 안 좋은가 정도로만 생각할 때도 있다.

비단 회사에서뿐만이 아니라 가족, 친구들도 내 힘듦을 알아채지 못하는 경우가 많다. 여러 가지 이유가 있겠지만, 그중에 가장 큰 이유는 말을 하지 않아서이다. '척 보면 모르나?'라고 생각할 수 있다. 하지만 생각보다 사람들은 다른 사람에게 관심이 없어서 척 보지도 않는 경우가 많다. 그렇기에 말로 내 의사를 확실하게 표현해야 한다. 심지어 말을 해도 소통이 잘 안 되기가 부지기수니까 말이다.

휴직 직전의 프로젝트는 후반부에 접어들수록 다른 프로젝트와는 다르게 흘러갔다. 보통 프로젝트는 우리 팀에서 리딩하기 마련인데, 모종의 이유로 그 프로젝트는 운영팀에서 리딩했다. 그로 인해 내 업무 리더는 우리 팀 사람이 아닌 운영팀 사람으로 배정되었다. 초반에는 서로 열심히 하려는 입장이라 좋은 쪽으로 시너지가 생겼다. 하지만 시간이 지나면서 프로젝트는 일정을 맞추지 못해 삐걱거리기 시작했고, 그러자 부서 간 문화적 차이로 인해 조금씩 마찰이 생겼다.

프로젝트 일정이 지연되자 프로젝트의 담당 임원은 모든 프로젝트 인원에게 야근과 주말 출근을 강요했다. 초과 근무가 늘어날수록 오히려 생산량이 점점 줄어들었다. 하지만 담당 임원은 실제 생산량보다는 본인이 이렇게 사람들을 열심히 굴린다는 것을 고객에게 보여주는 것이 중요했다. 그래서 사람들을 굴린 것이었다.

사람들은 역시나 서서히 일에서 손을 떼기 시작했다. 주말에 출근하더라도, 사람들과 커피나 마시고 밥이나 먹고, 자리에서는 웹서핑으로 시간을 보냈다. 당연히 나도 일에서 손을 떼려 했으나, 내 업무 리더의 성향상 그런 행동이 용납될 리 없었다. 내가 속해 있는 부서는 프로젝트 그 자체가 성과가 되는 부서였다. 따라서 이미 프로젝트에 투입된 상태인 내가 저런 상황에서 열심히 할 이유는 하나도 없었다. 하지만 반대로 업무 리더가 속해 있는 부서는 일이 없더라도 어떻게든 성과를 만들어야 하는 부서였다. 그래서 업무 리더는 나와는 반대로, 어차피 회사에 나와 있어야 하는 시간이니 이것도 하고 저것도 하자며 의욕을 많이 보였다.

처음에는 나도 리더를 따라서 열정적으로 업무를 수행했다. 하지만 얼마 지나지 않아 지쳐버렸다. 평일에는 8시에 출근해서 9시에 퇴근하고 거기에 주말에도 출근해야 하니 최소한 주말에라도 좀 편하게 있고 싶은 마음이 점점 커졌다. 하지만 내 마음을 모르는 업무 리더는 점점 더 많은 일을 가져왔다. 심지어 본인 스스로 일을 만들기도 했다. 참다못한 나는 리더에게 넌지시 말을 건넸다.

"어차피, 강제로 야근하고 강제로 주말 출근해야 하는데, 우리도 좀 쉬엄쉬엄하면 안 될까요?"

그러자 리더가 활기차게 말했다.

"제호야, 그럴 때일수록 더 해야 하는 거야. 남들 다 쉬엄쉬엄할 때 뛰면 더 앞서 나갈 수 있어."

쉬고 싶은 마음은 굴뚝같았지만 리더의 말도 딱히 틀린 말은 아니었기에 일단 그대로 수용할 수밖에 없었다. 하지만 수용했다고 해서 일이 덜 힘들어진 것은 아니기에, 그 뒤로도 몇 번 더 리더와 같은 주제로 얘기했다. 그리고 그럴 때마다 리더의 반응은 한결같았다.

리더의 열정은 주말에도 멈출 줄 몰랐다. 보통 주말에 출근하면 사람들은 게이트를 통과해서 출근한 이력을 남기고 이내 밖으로 나갔다. 밖에 나가서 커피도 마시고 산책도 하면서 놀다가 점심을 먹고 자리로 돌아왔다. 그리고 얼마 지나지 않아서 또 커피 마시고 산책하면서 시간을 보낸 후, 퇴근 시간 즈음에 다시 자리로 돌아와서 일하는 시늉을 하다가 퇴근했다. 따라서 자리는 늘 텅텅 비어 보였다. 하지만 리더의 열정 때문에 텅 빈 자리들 사이에서 나와 내 업무 리더가 속한 파트만이 자리를 꿋꿋이 지키고 계속 일했다.

업무 리더는 프로젝트에 부서 사람들 전체가 다 들어와 있으므로 열심히 할수록 성과를 인정받을 확률이 높았다. 그러니 저런 상황에서 더더욱 열심히 했겠지만, 나는 부서 사람들이 다 뿔뿔이 흩어져 있고, 부서장은 본사에 있었다. 따라서 리더처럼 일한들 성과를 인정받기가 쉽지 않았다. 그런데도 계속 리더를 따라서 일하려니 더는 참을 수가 없었다.

내 인내심이 한계에 달한 날, 나는 동기들과 함께 옆 건물의 휴게실로 도망쳤다. 거기서 낮잠도 자버리고 동기들과 수다도 떨며 몇 시간을 보냈다. 그리고 자리에 돌아오자 리더가 나에게 물었다.

"제호야, 어디 갔었니?"

나는 시큰둥하게 대답했다.

"쉬다 왔어요."

그러자 리더는 더 이상 묻지 않고 평소처럼 업무 지시를 내렸다.

그날을 기점으로 나는 매일 몇 시간씩 옆 건물로 도망쳤다.

며칠이 지나자 리더도 무언가 잘못되어가고 있음을 느낀 듯했다. 지금까지는 서로 협력적으로 일해서 드러나지 않았지만 리더와 나는 다른 부서에 속해 있기 때문에 리더가 나를 불러 문책하기란 쉽지 않았다.

그렇게 서로 불편한 상태로 한 달이 흘렀다. 그사이 내 몸과 마음은 망가질 대로 망가져서 나는 휴직을 결심했고, 부서장에게 휴직 의사를 전달했다. 부서장에게 휴직 의사를 전달한 다음 날, 리더가 나를 카페로 호출했다. 카페로 따라가서 리더 앞에 마주 앉았다. 리더가 말했다.

"제호야, 너 요새 무슨 일 있니? 요새 예전처럼 열심히 하지도 않고 왜 그러는 거야? 이럴 때일수록 열심히 해야 한다니까?"

리더의 말에 순간 울컥했다. 하지만 이내 평정을 되찾고 말했다.

"전에 몇 번 말씀드렸는데, 솔직히 야근이나 주말 출근이 필요해서 하는 것도 아니고 억지로 하는 건데 이렇게까지 빡빡하게 해야 하는지 모르겠어요. 그래서 남들은 좀 쉬엄쉬엄하기도 하던데 우리는 너무 심하게 하지 않아요? 그리고 저는 어차피 이렇게 해도 성과로 인정 못 받아요."

그러자 리더가 말했다.

"제호야, 이게 장기적으로 너한테 도움이 되는 일이라니까? 그리고 네가 원하면 우리 부서로 오게 될 수도 있는데, 그러면 그때는 이게 다 성과야."

"그럴 수도 있겠죠. 하지만 저 이제 휴직하려고요."

"어? 휴직?"

"네, 어제 부서장님이랑 면담했어요. 휴직하겠다고 말씀드렸어요."

그러자 리더는 많이 당황해서 나에게 말했다.

"아니 왜? 나랑 먼저 얘기 좀 하지 그랬어. 갑자기 그러면 너무 곤란한데."

리더의 말에 나는 대꾸하지 않았다. 그리고 속으로 생각했다.

'아니, 그동안 제발 좀 쉬엄쉬엄하자고 말을 그렇게 했는데 그때는 왜 안 들어주고 이제야….'

그렇게 그날의 대화는 아무 소득 없이 끝났다. 그 대화로부터 일주일 뒤, 나는 짐을 싸서 본사로 복귀했다. 본사에서 2주간 휴직 절차를 진행하고선 곧이어 3개월간 휴직에 들어갔다. 그렇게 나를 만신창이로 만든 프로젝트에서 겨우 탈출했다.

저 당시의 업무 리더를 다른 프로젝트에서 만났다면, 정말 열정이 넘치고 진취적인, 좋은 사람으로 기억했을 것이다. 하지만 주 70시간 넘게 근무해야 하는 극한 상황에서는 그러한 열정이 오히려 나를 힘들게 했다는 점이 아쉬울 따름이다. 같은 사람이어도 내가 처한 상황에 따라 다르게 느껴질 수 있다는 말이 새삼 마음에 와닿았다.

그리고 저 때까지는, 내가 말을 하지 않아서 사람들이 나를 잘 몰라준다고 생각했다. 하지만 저 프로젝트를 기점으로 말을 하더라도 그게 상대방에게 닿지 않을 수 있다는 것을 알았다. 그래서 그 이후로는 사람들에게 했던 말을 다시 할 때 반드시 '전에 말씀드렸다시피'라고 강조하는 버릇이 생겼다. 몇 번이고 말하더라도 상대는 몇 번이고 흘려들을 수 있으니까 말이다.

회식

업무의 연장인가, 공짜 밥인가

'회식'이라고 하면 어떤 생각부터 드는가? 즐거운 식사라고 생각되는가? 아니면 가기 싫은 모임이라는 생각이 드는가? 아마 대다수 직장인은 회식이 그다지 달갑지 않을 것이다. 그래서인지 요새는 COVID-19로 인해 회식이 줄어 너무 좋다는 의견이 많이 들린다. 아마 이게 지금 시대의 흐름일 것이다.

내가 신입사원일 때는 매주 회식이 있었다. 앞에서도 말했지만 목요일마다 모여서 치맥을 하는 500데이가 바로 그것이다. 가끔 500데이에서 과음을 하면 다음 날 출근이 너무나도 힘들었다. 그러다 보니 회식을 할 거면 다음 날 쉴 수 있는 금요일에 하는 게 효율적이지 않나 하는 생각이 들었다. 덤으로 회식에 빠지더라도 주말이 지나고 월요일에나 얼굴을 볼 테니 왜 회식에 빠졌냐는 잔소리를 피하기에도 좋을 것 같았다. 그래서 나는 이 궁금증을 풀기 위해 술자리에서 H 과장에게 물었다.

"근데, 왜 우리는 맨날 목요일에 술을 마셔요? 금요일에 마시면 다음 날 쉬고 좋지 않아요?"

"야, 너 친구하고 약속 보통 언제로 잡냐?"

"저요? 뭐, 만만한 게 금요일이죠?"

"그렇지? 근데 매주 금요일마다 회식 잡히면 어떨 것 같아? 친구들도 못 만나고 짜증 나지 않겠어?"

H 과장의 말에 따르면 목요일에 회식을 잡는 건 부서 나름의 배려였던 셈이다. 회식에 가기 싫었던 나 같은 사람들에게는 아예 안 하는 것이 배려였겠지만 말이다.

얼마 뒤 다른 부서 동기들과 만나 술자리를 했다. 회포를 풀다가 각자 부서의 회식에 관해서 얘기를 나누었다.

"우리는 뭔 목요일마다 500데이랍시고 맨날 모여서 치맥을 한다. 근데 그건 고정행사고, 기회가 생기면 다른 요일에도 회식이야. 아니 다들 다음 날 힘들지도 않나? 대체 왜 그러는 건지 모르겠어. 너희도 그래?"

그러자 한 동기가 말했다.

"우리는 저녁 회식은 한 달에 한 번 정도 하는 것 같은데?"

"저녁 회식? 그럼 점심 회식도 있어?"

"어, 보통 1~2주에 한 번은 점심에 분위기 좋거나 가격이 적당히 비싼 곳 가서 점심 먹으면서 회식하지."

'회식=저녁시간대+술'이라고만 생각했던 나에게는 동기의 얘기가 큰 충격이었다. 세상의 회식문화는 이렇게 점점 발전하는데 우리 부서는 왜 아직 과거에 머물러 있는가 하는 자괴감도 들었다. 그저 그 동기가 부러울 따름이었다.

몇 년 뒤, 부서가 합쳐지고 나눠지고 사라지고, 부서장도 계속 교체되고, 회사 방침도 바뀜에 따라 우리 부서의 회식문화도 차츰 바뀌기 시작했다. 기존에는 프로젝트에 가 있는 사람이든 본사에 있는 사람이든 한날한시에 모여서 회식을 해야 했는데, 프로젝트별로 예산을 할당해주고 프로젝트에 투입된 인력끼리 모여서 회식하는 문화로 바뀌었다. 그러다 보니 프로젝트 인원의 구성에 따라 회식의 양상이 많이 달라졌다.

그 당시 내가 투입된 프로젝트에서 우리 부서 인원은 남녀 성비가 딱 반반이었다. 그러다 보니 저녁에 술 한잔하는 회식보다는 자연스레 점심에 분위기 좋은 어느 호수 근처 가게나 인기 있는 맛집을 찾아서 하는 회식이 선호되었다. 그제야 내가 부러워하던 회식문화를 누려볼 수 있었다. 그리고 비단 그 프로젝트에서만이 아니라, 프로젝트가 끝난 뒤에 본사로 복귀해보니, 부서 전체적으로도 회식 스타일이 어느 정도 그런 식으로 바뀌어 있었다.

그런데 사람 마음이 참 간사한 것이, 이제 저녁에 술 마시는 회식이 없어지니, 오히려 가끔은 저녁에 삼겹살에 소주 한잔하고 싶은 생각이 들었다. 물론 친구들하고 만나서 그렇게 먹고 마시면 되지만, 괜히 회삿돈을 써서 공짜로 먹고 싶을 때가 있었다. 그러다 보니 예전에는 어떻게 하면 저녁 회식에 빠질지를 궁리했는데, 이제는 한두 달에 한 번 저녁 회식이 생기면, 어떻게 하면 일을 빨리 끝내고 그 회식에 참석할지를 생각하게 되었다.

가끔 있는 저녁 회식으로 연명하던 와중, 한번은 본사에서 상당히 멀리 있는 프로젝트에 투입되었다. 그 프로젝트에는 내가 기존에 하던 일과는 달리, 프로젝트를 관리하는 스태프 역할로 투입되었다. 그로 인해 프로젝트의 회식 자리를 마련하는 것은 온전히 내 몫이 되었다. 예전의 나라면 회식 그 자체도 질색했을 것이고, 회식 자리를 마련하는 것도 질색했을 텐데, 그때는 완전 회사생활과 회식에 적응을 해버려서 그런지 오히려 의욕이 넘쳤다. 심지어 내가 먼저 나서서 PM에게 회식에 관해 물어보기도 했다.

"PM님, 내일 회식 장소 어디로 잡을까요??"

"몰라, 니가 알아서 찾아봐. 인원수 맞춰서 예약되는 곳으로."

PM의 얘기를 듣고 나니 문득 이런 생각이 들었다.

'그럼, 조건만 맞으면 내가 가고 싶은 곳으로 고르면 되는 거잖아? 그럼 공짜로 내가 먹고 싶었던 걸 먹을 수 있는 거 아냐? 개꿀인데?'

그렇게 나는 회식의 단맛을 알아버렸다. 그때부터 내 안에서의 회식은 업무의 연장이 아니라 '회식=공짜 밥+공짜 술'이 되어버렸다. 그때부터 회식 자리가 너무나도 즐거워졌다. 물론 그 자리에 내가 불편해하는 사람이 아무도 없어야 한다는 것이 전제조건이지만 말이다. 그렇게 그 프로젝트에서 회식에 맛들인 나는 프로젝트가 끝난 뒤로도 간간이 생기는 회식이나 술자리에 잘 빠지지 않고 참석해서 즐겁게 먹고 마시며 놀다가 집에 가곤 한다. 그리고 그 마인드는 지금까지도 계속 이어지고 있다.

이렇게 회식문화도, 회식에 대한 생각도 점차 바뀌었고, 지금도 계속해서 바뀌고 있다. 아마 다른 곳도, 다른 사람도 마찬가지일 것이다. 그런데도 회식은 여전히 대다수 직장인에게는 불편하고 가기 싫으며 대체 누구를, 무엇을 위해 하는지 알 수 없는 것이다. 나도 마찬가지였고 말이다. 그런데 어느새 나는 회식을 즐기는 사람이 되어버렸으니 어쩌면 이제 돌이킬 수 없을 만큼 회사에 물들어, 아니 찌들어버린 게 아닐까?

너와 나의 전화 공포증

'전화가 오면 시간을 끌거나 아예 받지 않는다.', '통화 전후나 전화 도중에 극도의 불안과 긴장감을 느낀다.', '본인의 발언에 집착하고 걱정한다.', '전화에 반응한 구토 · 호흡곤란 · 현기증 등의 증세가 나타난다.', '심박수가 증가한다.' 바로 전화 공포증의 증상이다. 모 기관의 조사 결과에 의하면 성인남녀의 53.1%가량이 전화 공포증을 겪는다고 한다. 물론 나도 그중 하나였다.

한창 업무량이 많을 때는 말 그대로 '밤낮없이' 전화기가 울려댔다. 출근길, 퇴근길에는 당연하고 자다가도 전화를 받기 일쑤였다. 당연히 좋은 내용의 전화일 리 없었다. 대부분은 뭐가 안 된다, 뭐가 이상하다, 이거를 해달라, 저거를 해달라 하는 내용이었다. 그렇게 하루, 이틀, 몇 달을 지내다 보니 나중에는 핸드폰이 울리기만 해도 화들짝 놀라는 지경에 이르렀다. 그나마 아는 사람에게 전화가 올 때는 조금 덜 놀랐지만, 아예 모르는 번호로 전화가 올 때는 속이 울렁거리기부터 했다. 그러니 모르는 번호를 보면, 전화를 받기 전에 회사 시스템에 이 번호가 누구의 번호인지 검색해보고 받는 것이 습관이 되었다. 심지어 어떤 날은 도무지 정체를 알 수 없는 번호로 전화가 몇 번이나 걸려 와서 무서워하며 전화를 끝끝내 받지 않기도 했다. 나중에 알고 보니 그 전화는 집배원이 등기를 전달하기 위해 걸었던 전화였고, 결국 나는 집에서 좀 떨어진 우체국에 직접 가서 등기를 찾아와야 했다.

그렇게 한동안 전화 공포증에 시달렸는데, 다행히 시간이 지나면서 몇 가지 대처법을 익힌 덕분에 점차 증세가 완화되었다. 전화 공포증을 겪고 있는 사람들에게 도움이 될 수도 있을 테니, 아래 그 방법을 살짝 공개해본다.

퇴근 후에 걸려 오는 전화는 한 번에 받지 않는다

업무의 특성상 퇴근 후에도 일 관련 전화가 오는 경우가 비일비재했다. 그런데 이런 일들은 알고 보면 별로 급하지 않은 일일 경우가 많았다. 다음 날 해도 무방한 일이거나, 혹은 내가 퇴근한 줄 모르고 전화로 업무 요청을 하려는 전화가 대부분이었다. 이런 용건으로 전화를 건 사람들은 내가 한 번 전화를 받지 않으면 퇴근한 것으로 인식하고 다음 날 업무시간에 다시 전화를 걸거나 메신저로 업무 요청을 해 왔다.

단, 한 번 안 받았는데 다시 전화가 오면 그 전화는 되도록 받으려 했다. 다시 전화를 걸 정도라면 무언가 급한 일일 가능성이 크기 때문이다.

그렇게 나만의 룰을 세우고 나니 전화가 걸려 오는 빈도 자체가 줄기 시작했다. 사람들도 내가 퇴근 시간 이후에는 급한 일 아니면 전화를 받지 않는다는 것을 알았기 때문이다.

전화로 의사소통이 어려울 경우, 일단 내 자리로 호출한다

일하다 보면 업무 요청 외에도 문의 전화를 꽤 많이 받는다. 그럴 때는 "키보드에 보시면 F1키 있잖아요? 그거 눌러보세요. 아니, F키 말고 숫자 2 위쪽에 있는 F1이라고 되어 있는 키요." 하는 식으로 시간을 들여 하나하나 설명해가며 가이드를 주었다. 물론 그걸로 해결되지 않을 때도 꽤 많았다. 그러다 보니 결국 그런 일들은 전화로 백 번 설명하는 것보다 한 번 보여주는 게 훨씬 빠르고 정확하다는 걸 알게 되었다. 그래서 그다음부터는 설명이 난해해지거나 상대가 이해를 잘 못하는 것 같으면 "제 자리로 오셔서 한번 보시겠어요?"라고 대처하기 시작했다.

또 어떤 사람은 문제가 어떤 것인지 설명을 못 하거나, 작업을 몇 번이나 다시 해도 일이 진행되지 않는다며 항의했다. 그런 사람도 마찬가지로 내 자리로 불렀다. 그러고는 내 컴퓨터에서 조금 전에 했던 작업을 그대로 다시 해보라고 했다. 그러면 진짜 시스템에 문제가 있던 경우는 10%도 채 안 되었고, 보통은 그 사람이 일을 잘못하거나, 그 사람의 컴퓨터에 문제가 있는 경우가 대부분이었다.

화를 내는 사람은 내 편이 많은 곳으로 호출한다

전화로 다짜고짜 화를 내는 사람도 꽤 있다. 그럴 때 전화로 싸워봐야 서로 감정만 상한다. 보통 화내는 사람은 대리인 나보다 직급이 높은 사람이 대부분인지라 내가 싸워서 이겨도 이긴 게 아닐 수밖에 없다.

어느 날, 나에게 전화로 화를 내던 과장 하나가 화를 이기지 못하고 내 자리까지 직접 찾아와서 화를 냈다. 그런데 내 옆에서 일하던 다른 차장, 부장 선배들이 얘기를 듣다가 상황을 파악하고는 끼어들었다. 그러고는 오히려 나에게 화를 내는 과장을 호되게 혼냈다. 그렇게 나는 위기를 모면했다.

그때부터 누군가 나에게 화를 낼 때는 내 편이 있는 곳을 찾은 다음, 그곳에서 만나서 얘기하자고 하는 방법을 사용했다. 내 편을 들어줄 선배들이 다 회의에 갔으면 끝나는 시간을 가늠해서 회의실 앞 휴게실에서 보자고 한다거나, 선배들이 자주 가는 카페에서 만나 얘기하자고 하거나, 아니면 아예 선배에게 이러저러하니 같이 만나러 가달라고 얘기하기도 했다. 그러자 전화로 화를 내던 사람도 정작 만나서는 순한 양이 되는 경우가 많았다. 반대로 상대방이 나에게 화를 낼 만했다는 생각이 드는 사안은 직접 자리로 가서 싹싹 빌었다.

이런 방법들이 모든 경우에 적용되거나, 이것만으로 전화 공포증이 치료되지는 않을 것이다. 그래도 비슷한 상황에 놓여 있거나 유사한 경험을 한 사람에게는 어느 정도 도움이 될 만한 방법이 아닐까 싶다. 어쨌든 나는 그 덕에 전화 공포증은 어느 정도 사라졌다.

이제는 그런 전화 대신 엉뚱한 전화를 더 많이 받는다. 대표적으로 저녁에 집에서 쉴 때 걸려 오는, 술자리에 있는 회사 선·후배들의 전화가 있다. 이미 다들 한껏 취한 상태여서 통화가 제대로 되지는 않는다.

"여보세요?"

"어, 제호야!!! 뭐하냐!!!"

"저요? 저는 집에서 쉬고 있죠."

"아 그래? 야, 나는 집 근처에서 ○○랑, □□랑 한잔하는데, 니 얘기 나와서 전화해봤어."

보통 그때부터 옆에 있는 ○○와 □□의 목소리가 뒤섞여서 들린다.

"야, 제호야 너 저번에 @#$%$%$%"

"아니, 지금 그거 말고 !@#$@!#%#"

그렇게 정신없이 듣다 보면 결국 "쨌든, 목요일에 술 한잔 하자. 어, 어, 그래 제호야. 쉬고. 어~" 하면서 통화가 끝난다. 이런 것을 보면 전화 공포증을 치료하는 데는 앞서 말한 방법들 외에 이런 유쾌한 전화 통화를 자주 하는 것도 한 방법이지 싶다. 아무래도 업무상 전화라든가 문의, 항의 전화보다 이런 전화의 빈도가 높아질수록 전화 받기가 쉬워질 테니 말이다. 물론 선·후배들의 술주정을 괴로워하는 사람에게는 역효과겠지만 말이다.

요즘에는 동기나 후배들과 술을 마시다가 내가 선배에게 전화하기도 한다. 그러고는 술을 먹은 김에 술자리를 대표해 선배에게 이것저것 불만 같은 걸 불같이 쏟아낸다. 그 바람에 이제는 오히려 선배들이 내 전화에 공포를 느끼는 듯도 하다. 아이러니하게도 전화 공포증 환자였던 내가 이제는 전화 공포증 유발자가 된 것 같다. 이렇게 쓰고 보니 선배들에게 살짝 미안하다. 이제 선배들을 전화로 괴롭히는 건 좀 줄여야겠다. 잘 될지는 모르겠지만.

18:00 p.m. 낀대리의 퇴근시간

미생으로 출근해서 완생으로 퇴근합니다

심리적으로 거리를
둬 보면 어떨까요?
한번 해볼게요
잠깐 얘기를 끊고
쉬었다가 계속
해야겠어
퇴근 후엔
회사 생각하지
않기!!!
잘하고 계십니다
김대리님
내일
업무

깔짝과 제대로의 차이

운동 Part 1

불과 몇 년 전만 해도 나는 정말로 '운동'이라는 것이 취미인 사람을 도저히 이해할 수 없었다. 여기서 말하는 '운동'은 구기종목 같은 것을 제외한 소위 말하는 '헬스'이다. 나도 다이어트 혹은 체력 증진을 위해서 헬스장을 몇 번 가본 적 있었다. 하지만 가서 운동한다 한들 기구만 몇 번 깔짝거리다가 재미없는 러닝머신을 20분 정도 타고 오기 일쑤였다. 그마저도 한 달을 넘기는 경우가 거의 없었다. 그러다 보니 헬스를 좋아하는 사람은 자기 몸을 학대하고 혹사하는 변태로밖에 보이지 않았다.

휴직하기 약 2개월 전, 매일 이어진 야근으로 혹사당하던 몸은 도저히 버틸 수 없는 지경에 이르렀다. 신체적, 정신적으로 너무 무너져 있었기 때문에 어떤 식으로든 회복이 필요했다. 하지만 야근 후에는 집에서 쓰러져 자기에도 시간이 부족해서 일 외적인 무언가를 하는 것은 불가능했다. 그래서 저녁 시간에 밥을 먹는 대신 헬스장에 가서 운동을 해보기로 했다. 그전까지는 헬스장에 등록해도 작심삼일로 끝나기 마련이었다. 하지만 이번에는 어차피 회사에 다시 돌아가야 하고 매일 규칙적인 시간에 운동을 할 수 있기에 작심삼일로 끝나지 않을 것 같았다.

일단은 인터넷으로 정보를 모아 신중하게 헬스장을 골랐다. 헬스장을 고르는 기준은 딱 세 가지였다. 첫째, 멀지 않은 곳. 너무 멀면 시간 내에 다녀오기 쉽지 않기 때문이다. 둘째, 단기 요금이 비싸지 않은 곳. 당시 이미 휴직을 생각하고 있었기 때문에 헬스장을 오래 다니지 못할 수도 있었다. 물론 작심삼일로 끝날 가능성도 있었다. 따라서 1개월 혹은 3개월 요금이 싼 곳을 고르고 싶었다. 그리고 마지막으로, 지금 프로젝트의 고객들이 가지 않는 곳. 지금까지의 경험으로 미루어볼 때, 고객들은 매일 13시간씩 일하는 내 업무의 과중함을 이해해주지 않았다. 자기들이 돈을 냈으니 그런 건 당연히 본인들이 받아야 할 서비스라고 생각했다. 분명 하루 8시간 업무를 기준으로 계약했음에도 말이다. 그러다 보니 가끔 우연히 식당이나 술집 등에서 마주치면, 내가 업무 중에 열심히 일한 것은 생각하지도 않고, '새끼…. 비싼 돈 들여서 불러놨더니 처노네?'라고 생각하는 습성이 있었다. 따라서 헬스장에서 고객과 마주치면 어떤 소문이 돌지 뻔했기 때문에, 그런 상황은 절대로 피하고 싶었다. 그렇게 신중하게 고르고 골라서 한 헬스장을 방문했다.

헬스장의 첫인상은 완전 꽝이었다. 실내 구조가 너무 가로로만 길어서 입장하자마자 러닝머신이 죽 늘어져 있는 것만 보였다. 러닝머신들을 죽 따라가다 보면 끝에는 넓게 요가와 필라테스 수업 공간이 있었고, 반대쪽 끝에는 PT(퍼스널 트레이닝) 장소가 있었다. 운동을 좀 하는 사람이라면 저런 장소들을 더 눈여겨보았겠지만, 둘 다 나와는 상관이 없는 공간이었다. 카운터로 다가가서 말을 걸었다.

"저…. 헬스 등록하려고 하는데요."

"아, 어서 오세요, 가격 상담 좀 도와드릴까요?"

카운터를 지키던 트레이너와 함께 상담실로 이동해서 상담을 받았다.

"고객님, 저희 헬스장은 처음이신가요? 혹시 원하시는 수업이나, 기간이 어떻게 되실까요?"

"아, 저는 헬스만 등록하려고요. 일단은 3개월만 등록해보려고 합니다."

"아, 그러셨군요. 그러면 3개월 등록 도와드리겠습니다. 사물함 이용도 같이 신청하실 건가요? 사물함 이용 요금은 월 만원인데, 같이 하시면 아무래도 좋긴 하시겠죠?"

"네, 사물함도 그럼 부탁드릴게요."

"그리고 신규 회원님들께는 최초 2회 무료 PT를 해드리고 있는데, 한번 받아보시겠어요? 시간은 언제가 편하실까요?"

그동안 내가 가보았던 대부분의 헬스장도 늘 헬스를 등록하러 갔을 때 무료 PT를 해주겠다고 했다. 여기도 마찬가지였다. 당연히 이것은 무료 PT를 미끼 삼아 추가로 PT 수업을 받게 만들려는 헬스장의 상술임을 잘 알았기 때문에, 그동안은 극구 사절했다. 하지만 불현듯 몇 년 전 헬스장에서 혼자 무리해서 운동하다가 고환염에 걸렸던 일이 떠올랐다. 그러고는 무엇인가에 홀린 듯 무료 PT를 받아보기로 했다.

"네, 그러면 당장 내일 저녁 7시 가능할까요?"

"네, 가능하세요, 회원님. 그럼 내일 저녁에 뵙겠습니다."

그렇게 헬스장 등록을 마치고 다시 일하러 돌아갔다.

첫 PT 날인 다음 날, 저녁 6시 50분에 도착해서 옷을 갈아입고 트레이너를 찾아 두리번거렸다. 나를 먼저 발견한 트레이너가 반갑게 맞아주었다.

"어서 오세요, 제호 회원님. 오늘 컨디션은 어떠세요?"

"나쁘지 않은 것 같아요."

"다행이시네요. 혹시 전에도 PT 받아보신 적 있을까요?"

"아뇨, PT는 오늘이 처음이에요."

"아, 그러셨구나. 그러면 저희 오늘은 하체 운동을 조금 해볼게요. 제호 회원님 처음이시니까 천천히 한번 해볼게요. 혹시 스쿼트는 하실 수 있으실까요?"

그렇게 첫 PT 수업을 시작했다. 트레이너의 요청에 따라 어디선가 보고 주워들은 스쿼트를 해보았다. 트레이너는 곧바로 내 자세를 교정했다. 그러자 분명히 맨몸으로 스쿼트를 하는데도, 20개도 못 하고 허벅지가 점점 아파왔다.

"더 못 할 것 같아요."

"그래요? 회원님 지금 더 하실 수 있는 상태이신데…. 그러면 잠시 1분간 휴식하고 할까요? 가서 물 드시고 오세요."

나는 숨을 헐떡이며 물을 마시러 갔다. 물을 마시면서 문득 그런 생각이 들었다. '확실히 트레이너가 가르쳐준 자세가 힘들어서 효과는 있는데, 이 정도면 나 혼자 기구 가지고 할 때랑 비교해서 큰 차이가 없지 않나? PT 괜히 했나?' 그런 생각을 품고 다시 트레이너에게 돌아갔다. 내 마음을 읽기라도 했는지 트레이너가 말했다.

"회원님, 방금은 맨몸으로 하셨는데, 기초 근력에 비해서 부하가 많다고 느끼신 거는 아마 횟수가 많아서 그러셨을 거예요. 평소에도 스쿼트나 기구운동 하실 때 횟수를 많이 하는 편은 아니시죠?"

"네… 뭐 보통 열 번 정도 하면 끝나죠."

"그렇죠. 그래서 이번에는 바벨을 들고 해보실 거예요. 자 이리로 와보세요."

트레이너를 따라 기다란 역도 바벨이 놓인 기구(스쿼트 렉) 앞으로 갔다. 트레이너가 바벨을 어깨에 짊어지는 법을 설명해주었다. 설명에 따라 바벨을 짊어지자 트레이너가 자세를 다시 교정해주었다.

"자, 기본은 아까 배운 거랑 똑같습니다. 배에 힘주시고 숨 멈추시고, 하나!"

트레이너의 "하나!" 소리에 앉으니 이번에는 나도 모르게 탄

식이 나왔다.

"컥!"

"그렇죠. 힘드시죠? 아까랑 다르시죠? 하지만 하실 수 있습니다. 자, 어서 일어나세요."

힘겹게 다시 일어섰다. 그러자 다시 트레이너가 말했다.

"자, 가만히 서 계시면 안 됩니다. 또 내려갔다 올라오셔야 해요! 자, 둘!"

다시 트레이너의 구령에 맞춰 내려갔다, 올라왔다. 그렇게 여러 번 반복하니, 몇 번 했는지도 모를 만큼 정신이 혼미했다.

"자, 그만! 고생하셨습니다. 지금 몇 번 하셨는지 혹시 기억하세요?"

"아, 아뇨."

"지금 딱 열두 번 하셨습니다. 아주 잘하셨어요. 스쿼트는 앞으로 이렇게 하시면 됩니다."

트레이너는 계속해서 처음치고는 잘했다며 나를 칭찬했다. 하지만 처음 겪는 운동강도에 숨은 계속 찼고 다리는 너무 뻐근해서 칭찬이 귀에 들어오지 않았다. 그렇게 첫날 운동이 끝났다.

다음 날 아침, 침대에서 일어나 내려오는데 다리 감각이 이상했다. 순간적으로 다리가 망가졌나 싶을 정도로 힘이 들어가지 않고 덜덜 떨렸다. 너무 당황했지만 곧바로 이성을 되찾았다. 그러고는 이게 진짜 제대로 운동했을 때 다리 상태라는 것을 알았다. 그동안 내가 했던 운동은 운동이 아니라 말 그대로 '깔짝' 댄 수준이었다는 것도 알았다. 그날은 계단을 오르내릴 때마다 다리를 부들부들 떨면서 하루를 보냈다. 며칠 뒤 다리는 점차 회복되었고, 두 번째 PT 시간이 다가왔다.

두 번째 PT 시간도 마찬가지로 지옥의 트레이닝이었다. 이미 한 번 하체운동으로 트레이닝 강도를 알아버린 나에게 트레이너의 미소는 나를 괴롭히는 악마의 미소 같아 보였다.

"제호 회원님, 오늘은 팔운동을 한번 해보실 거예요. 저번에 운동하시고 몸은 좀 어떠셨어요?"

"너무 아프고 후들거려서 죽는 줄 알았어요."

"그렇죠? 제대로 운동하셔서 그래요. 오늘도 제대로 운동하시면 아마 내일 팔이 안 펴지실 거예요."

"팔이 안 펴진다고요?"

"네. 지금은 잘 이해 안 되시겠지만, 내일 아실 거예요."

트레이너는 미소를 한껏 머금고 상냥하게 말했지만, 나에게는 '넌 내일 뒤졌다'라는 소리로 들렸다. 그렇게 두 번째 날도 첫날과 마찬가지로 평생 해본 적 없는 강도의 팔운동을 진행했다. 운동을 마치자, 첫날과 마찬가지로 팔에 극심한 부하가 느껴졌다. 그리고 다음 날, 나는 트레이너가 전날 했던 말을 단박에 이해했다. 팔이 120도 정도로 구부러진 상태에서 아무리 힘을 줘도 180도로 펴지지 않았다. 팔을 못 펴니 걸어 다닐 때 모습이 참 우스꽝스러웠다. 회사에 출근하니, 사람들이 나를 보며 고릴

라니, 오랑우탄이니 하며 놀려댔다. 하지만 나는 열심히 운동해서 그런 거라 뿌듯하기만 했다.

결국 그날 헬스장에 다시 방문해서 PT 10회권을 끊었다. 그리고 계속 트레이너와 함께 운동했다. 무려 4개월간 말이다. 운동에 대한 이 투자는 나중에 나에게 생각지도 못한 좋은 결과를 안겨주게 된다.

“운동, 운동 하는 이유가 있었네”
운동 Part 2

“니가 이루고 싶은 게 있다면 체력을 먼저 길러라. 니가 종종 후반에 무너지는 이유, 데미지를 입은 후에 회복이 더딘 이유, 실수한 후 복구가 더딘 이유, 다 체력의 한계 때문이야. 체력이 약하면 빨리 편안함을 찾게 되고 그러면 인내심이 떨어지고 그리고 그 피로감을 견디지 못하면 승부 따위는 상관없는 지경에 이르지. 이기고 싶다면 니 고민을 충분히 견뎌줄 몸을 먼저 만들어. 정신력은 체력의 보호 없이는 구호밖에 안 돼.”

윤태호 작가의 만화 『미생』과 그를 원작으로 하는 드라마 〈미생〉의 주인공 ‘장그래’에게 바둑 선생님이 해준 말이다. 신체가 정신력 혹은 심리상태에 끼치는 영향이 그만큼 지대하다는 것을 시사해주는 말이다. 나는 이 말이 정말 중요한 조언이라는 사실을 몸으로 느껴봤다.

“운동하실 때 주의할 만한 사항이 있을까요? 어디가 약하시다거나, 어디 수술하셨다거나, 요새 이런 게 힘드시다거나 하는 것들요."

PT를 받기 전 트레이너가 나에게 물었다. 어디까지 얘기해야 할지 잠시 망설였지만, 이왕 내 몸을 맡기기로 한 거 솔직하게 다 말하기로 했다.

"스노보드를 타다가 오른쪽 어깨 힘줄이 나가서 수술한 적이 있어요. 그래서 어깨가 많이 약하고요, 그때 왼쪽 손목 연골도 같이 나가서 여기도 수술했어요. 어릴 때 발목에 화상을 크게 입어서 수술을 두 번 했는데, 여기는 그래도 꽤 오래전이라 완벽히 회복됐어요. 아, 그리고 제가 사실은 자다, 깨다, 자다, 깨다를 반복하는 수면장애를 앓고 있어서 안정제랑 수면제를 복용 중이에요."

트레이너는 내 말을 들으며 하나하나 받아 적었다.

"어깨… 를 수술하셨고, 왼쪽 손목도 수술… 을 하셨고, 다리는 괜찮으시다…. 그리고 밤에 잠을… 잘 못 주무신다… 는 거죠?"

"네."

"괜찮습니다. 이제는 제가 책임지고 숙면하실 수 있도록 해드리겠습니다. 저랑 한번 하시죠."

트레이너가 자신감에 찬 눈으로 나를 바라보며 말했다. 마지못해 대답은 했지만 그다지 신뢰는 가지 않았다. '나를 지치게 해서 체력을 바닥나게 한 다음, 그 피로로 잠을 잘 자게 만들어 주겠다는 거겠지?'

PT를 받기 시작한 지 한 달이 지났을 무렵, 나는 프로젝트의 살인적인 업무강도로 인해 몸과 마음이 너무 망가져 결국 휴직했다. 헬스장은 프로젝트를 진행 중이던 고객사 근처에 있었기에 집에서는 약 40분 거리였다. 따라서 휴직하고 나니 헬스장 가는 것이 쉽지는 않았다. 하지만 휴직했다고 집에서 늘어져 있느니 조금 거리가 있더라도 이를 핑계 삼아서 외출도 좀 하고 운동도 제대로 해보자는 생각에 꾸준히 다녔다. PT 10회권을 끊은 것도 한몫했다. 그렇게 다시 한 달 정도 지났을 무렵 놀라운 일이 생겼다.

휴직 동안에는 수면제와 안정제를 보통 2주 치 처방받았다. 따라서 최소한 2주 간격으로 병원에 방문해야 했다. 하지만 몇 가지 대외 활동으로 정신이 조금 없었고, 출근하지 않으니 긴장도 풀려 방문 시기를 놓치고 말았다. 그 덕에 저녁에 약봉투가 텅 빈 것을 보고 두려움에 떨었다.

'아, 망했다. 약 받아 왔어야 하는데, 오늘 계속 자다 깨느라 죽어나겠는데. 아니 그게 아니지. 약을 안 먹으면 저번처럼 금단 증상이 와서 정신을 못 차릴 텐데 큰일이다. 일단은 최대한 버티다가 자고, 내일 눈뜨면 바로 병원부터 가야지.'

약을 먹지 않으면 금단현상으로 어떻게 되는지 이미 겪어봤기에, 잠자리에 드는 것이 무서웠다. 그렇다고 밤을 새우자니, 그건 더 자신 없었다. 그래서 최대한 버티고 버티다가 자정 무렵이 되어서야 이불 속으로 들어갔다.

다음 날, 놀랍게도 나는 매우 개운한 상태로 침대에서 일어났다. 수면장애가 시작된 이래로 느껴볼 수 없던 개운함이었다. 너무 개운한 나머지, 어느새 내 몸과 마음이 다 회복된 것은 아닐까 하는 생각이 들었다. 하지만 어제 한 운동 때문에 몸이 매우 피곤해서 이번만 그랬을 수도 있었다. 그래서 일단 일어나 병원으로 향했다. 한 번 더 약을 먹지 않고 자볼 생각이었지만, 혹시나 저 개운한 수면이 일회성에 그칠 경우 다시 약을 먹어야 했기 때문이다. 그렇게 병원을 다녀온 후 그날 저녁도 약을 먹지 않고 잠을 청했다. 그리고 놀랍게도 또 매우 개운하게 일어났다. 수면장애가 치유된 것이라고 확신했다.

이 기쁜 소식을 트레이너에게도 알렸다.

"코치님, 엊그제랑 어제는 약을 안 먹었는데도 잠을 푹 잤어요!"

"거봐요, 제가 푹 잘 수 있게 해드린다 그랬죠?"

"그러게요!! 엄청 힘들게 운동하진 않은 것 같은데도 잘 잤네요."

"오, 그래요? 그럼 운동을 덜하셨네? 오늘부터 강도 좀 올리겠습니다."

그 뒤로도 수면장애가 다시 올 기미는 없었고, 나는 그렇게 수면제와 안정제, 그리고 같이 복용하던 약 10가지를 모두 끊을 수 있었다. 나중에야 안 것이지만 운동으로 인한 체력소모로 피곤해서 잠을 잘 잔 것은 아니었다. 엉망이 되었던 내 신경계가 운동 덕에 정상으로 돌아왔고, 그 덕분에 잠을 잘 잘 수 있었던 것이다. 운동으로 세로토닌(사람의 감정, 수면 등의 조절에 관여하는 호르몬)도 제대로 분비되어 심리적으로 많이 안정되었다.

그제야 병원에서 상담받을 때마다 의사들이 운동을 권한 이유를 알 수 있었다. 운동하라는 얘기는 늘 들어왔기에 가끔 해보기는 했다. 하지만 효과를 전혀 느낄 수 없어서 운동은 도움이 안 된다고 생각해왔다. 하지만 저 일을 계기로 꾸준하게 제대로 운동하면 효과가 있다는 것을 알았다. 운동을 통한 개선은 눈에 보이게 즉각 나타나지 않는다는 것도 알았다. 꾸준히 하다가 문득 정신을 차려보면 개선되어 있는 것이다.

이제는 완전히 다 나아서 오히려 주변에 심적으로 혹은 정신적 질환으로 힘들어하는 사람들에게 조심스럽게나마 운동을 권하기도 한다. 운동이라는 게 효과가 없는 것 같지만 그래도 꾸준히 하다 보면 어느샌가 몸과 마음이 나아져 있을 거라고 말이다. 친구들과의 술자리에서도 저 때의 일을 회상하며 이렇게 얘기하곤 한다.

"아, 그러니까, 툭하면 의사들이 운동, 운동, 운동하라고 하는데, 그게 다 이유가 있는 거였더라고!"

세상은 회사보다 넓더라

오픽 학원, 노래 클래스, 캔들 만들기 강좌, 동네 친구 모임, 주식 스터디, 토익 시험, 독서 모임. 이게 다 휴직 중이던 3개월간 한 일들이다. 굵직한 것만 나열해서 이 정도고 운동이라던가 친구들을 만난다던가 가까운 곳으로 당일치기 여행을 다녀온 것은 제외했다. 이렇게 3개월간 했던 모든 체험이나 경험이 기억에 다 좋게 남아 있지만, 그중에서도 조금 특별한 두 가지가 있었으니, 바로 동네 친구 모임과 주식 스터디였다.

동네 친구 모임을 나가게 된 것은 매우 사소한 계기였다. 아무래도 나는 휴직자였고, 친한 친구들은 다들 일하는 중이니, 평일 낮에는 대체로 시간이 남는데도 같이 놀 사람이 없었다. 저녁에는 친구들도 각자 약속이나 데이트가 있었고, 회식 같은 것도 있었기 때문에 자주 볼 수는 없었다. 그러다 보니 자연스레 동네에서 바로바로 가볍게 만날 수 있는 친구들이 있으면 좋겠다는 생각이 들었다.

핸드폰에 동호회나 동아리를 찾을 수 있는 앱을 설치해서 동네 친구를 만날 수 있는 모임을 찾아보았다. 대부분 술을 마시는 모임이고, 엄격한 나이 제한 규정이 있고, 남녀 성비를 딱 일대일로 맞추었다. 그 외에는 볼링 동호회나 자전거 동호회 같은 정말 같은 취미를 공유하는 모임이 있었다. 나에게 주어진 선택지는 이렇게 두 종류였다. 하지만 이왕 휴직까지 했는데 맨날 하던 것처럼 술이나 마시면서 놀고 싶지는 않았다. 그렇다고 취미 동호회에 들어갈 만큼 딱히 좋아하는 취미도 없었다. 그래서 제3의 선택지를 찾았다. 찾고 찾다가 우연히 한 모임이 눈에 들어왔다. 바로 '○○년생 ○○동네 친구 모임'이라는 모임이었다. 바로 그 모임에 가입했다. 채팅방에 들어가 보니, 다 같은 나이의 사람들만 모여 있어서 그런지는 몰라도 무척 화기애애한 분위기였다. 다 동갑이니까 말을 편하게 놓으라는 모임장의 권유에 들어가자마자 사람들과 반말로 대화를 나눴다. 그렇게 며칠간 채팅방에서 사람들과 말을 섞으며 친목을 다졌다.

그리고 어느 날 모임장이 채팅방에 공지를 올렸다.

'오늘 밤 7시부터 XXX역 옆 ○○○가게에서 번개를 합니다. 참석하실 분은 위의 참석하기 버튼을 눌러주세요.'

이렇게나 빨리 오프라인 모임에 참석할 수 있으리라 기대하지 않았던 나는 이 공지를 보고 약간은 무서워졌다. 당연히 새로운 사람들을 만나보고 싶어서 가입했지만, 다들 본 적도 없는 사람들이기 때문에 나와 맞지 않거나, 불편한 혹은 이상한 사람이 섞여 있을 가능성도 있었다. 무엇보다 나를 제외하고는 다들 이미 오프라인 모임을 몇 번 가진 적이 있는 것을 알았기 때문에, 오프라인 모임에서 나만 소외될까 봐 두렵기도 했다. 하지만 이왕 휴직한 거(휴직 내내 이 말을 달고 살았다) 한번 도전해보자는 마음으로 참석하기로 했다.

시간에 맞춰 모임 장소로 향했다. 가게에 다가갈수록 긴장감은 더해져만 갔다. 두려움을 억누르고 문을 열자, 그 안에서 사람들이 앉아 있는 테이블은 딱 한 테이블뿐이었다. 그들의 시선은 자연스레 나를 향했다. 그러고는 모임장으로 보이는 사람이 먼저 말을 걸어주었다.

"네가 제호구나? 반가워!"

다른 사람들과도 곧이어 인사를 나누었다. 다들 먼저 인사를 건네준 덕분에 조금은 더 편한 마음으로 자리에 앉았다. 앉아서 간단하게 자기소개를 했다.

"어…. 나는 XX동 쪽에 살고 있고, 나이는 다들 동갑이니까 알 거고, 하는 일은 IT 컨설팅인데, 몸이 좀 안 좋아서 지금은 휴직 중이야. 잘 부탁해."

내 소개가 끝나자 다들 간단하게 돌아가면서 자기소개를 했다. 다 같은 나이에 같은 동네에 사는 사람들이지만 놀랍게도 겹치는 것이 하나도 없을 정도로 다양한 직업을 갖고 있었다. 아버지 회사에서 경리 일을 하는 친구부터 시작해서, 학원 선생, 태권도 사범, 방송국 카메라 감독, 대학원생, 파티 플래

너 등 매우 다양했다. 늘 회사에서 회사 사람들만 보면서 지내왔고, 내 친구들도 대부분 회사원이었기에, 이토록 다양한 사람들과 자리를 갖는 것은 매우 낯설었고 한편으로는 매우 놀랍고 즐거웠다.

그렇게 나는 그들과 약 두 달간 이삼 일에 한 번꼴로 만났다. 만나서 술을 마시며 얘기 나누는 것이 대부분이었지만, 워낙 다양한 사람이 모였기 때문에, 매번 새로운 얘기를 들으며 새로운 세상에 대해 알게 되었다. 그들이 하는 일의 좋은 점, 나쁜 점, 힘든 점 등을 들으면서 간접적으로나마 다양한 직업을 체험해보았다. 얘기를 들으며 나는 그동안 우물 안 개구리였고, 세상은 내가 생각하는 것보다 너무나도 넓고 다양하다는 사실을 피부로 느꼈다. 그 덕에 회사를 그만두어도 큰일이 일어나는 것은 아니며, 그렇게까지 회사생활에 목을 맬 필요가 없다는 사실을 깨달았다. 세상은 넓고 할 수 있는 일은 많기에.

또 하나의 특별했던 모임인 주식 스터디는 생각보다 우연히, 그리고 매우 충동적으로 나가게 되었다. 그 당시 오픽 학원에 다녔기 때문에 인터넷 카페에서 들어갈 만한 영어 스터디를 찾고 있었다. 학원에서도 수업 시간 이후에 스터디에 참석할 수 있었지만, 아무래도 대부분이 어린 대학생들이었기에, 서른이 넘은 나로서는 그런 스터디에 끼는 게 민폐인 것 같았다. 나 자신도 어린 학생들과 있으면 불편할 것 같아서 학원 스터디에는 참석하지 않았다. 그렇지만 영어 실력이 늘려면 스터디가 필요하다고 생각했기 때문에, 부득이 인터넷 카페에서 영어 스터디를 찾았던 것이다. 하지만 대부분의 영어 스터디에는 나이 제한이 있어서 나 같은 30대가 들어갈 만한 곳은 딱히 없었다. 게시판을 뒤적거리던 중 '영어 스터디 모집' 게시판 바로 아래, '그 외 스터디 모집' 게시판에 눈이 갔다. 영어 말고 어떤 스터디들이 있을까 궁금했다. 게시판에 들어가서 이것저것 살펴보았다. 여러 가지 다양한 스터디들이 눈에 들어왔다. 그중에서 나의 눈길을 사로잡은 스터디가 하나 있었으니, 바로 주식 스터디였다.

휴직 직전 주식으로 석 달치 월급을 날려 먹어 매우 쓰디쓴 맛을 보았기 때문에, 주식 스터디로 제대로 주식을 공부해보고 싶었다. 또 열심히 잘 배워서 잃은 내 월급들을 복구해보면 어떨까 하는 생각도 했다. 그렇게 주식 스터디의 문을 두드렸다. 대망의 스터디 첫날, 역시나 긴장된 마음으로 스터디룸으로 향했다. 강남역 바로 근처 건물의 5층에 있는 룸이었다. 1층은 고깃집, 2층은 술집이라 어울리지는 않았지만, 그래도 5층쯤 되고 보니 생각만큼 주변 소리가 시끄럽진 않았다. 올라가서 보니 스터디룸은 부동산 방과 주식 방, 이렇게 2개로 나뉘어 있었다. 부끄러움을 무릅쓰고 주식 방에 들어가서 앉았다. 다른 사람들은 이미 몇 번 모여서 스터디를 했는지 서로 아는 눈치였다. 꽤 관록이 있어 보이는 회원 한 분이 먼저 나에게 인사를 건네주었다.

"안녕하세요? 오늘 처음 오시나 봐요."

"네, 오늘 처음 왔어요, 안녕하세요."

"잘 오셨어요. 오늘 처음이시니까 가벼운 마음으로 한번 참석해보세요."

주식 스터디는 생각보다 나름 체계적이었다. 매주 스터디를 하기 전에 인터넷 카페에 각자 종목을 하나씩 분석해서 글을 올리고 그 종목을 스터디에서 발표하는 식이었다. 발표자는 그 종목을 왜 골랐고, 전망이 어떠하며, 목표는 얼마인지 등을 상세하게 발표해야 했다. 그리고 나머지 회원들은 발표 후에 그 종목에 대해 여러 가지 궁금한 점이나 우려되는 점 등을 얘기하곤 했다.

사실 차트 보는 기법이라든가 재무제표를 보는 법이라든가 하는 전문적인 지식은 다른 곳에서 공부하는 것이 더 유익하고 상세할 것이었다. 하지만 이 스터디는 너무 조급하게 움직이다가 손해를 보지 않도록 서로 마음을 보듬어주었다. 또한 다양한 일을 하는 사람이 모여 있는지라 다양한 직군의 관점으로 종목을 분석할 수도 있었다. 그래서 나 혼자서는 찾아보지 못했을 여러 종목과 정보를 만날 수 있었다. 마찬가지로 다른 사람들도 나를 통해 IT 시장에 대해 많은 정보를 얻었다. 그렇게 첫날이 끝나고 다 같이 뒤풀이 장소로 이동해서 가볍게 술을 한잔했다. 고참 회원이 나에게 말했다.

"제호 씨, 오늘 해보니까 어땠어요?"

"음…. 저는 이렇게나 종목이 많은 줄 몰랐어요. 그리고 제가 너무 아는 거 없이 주식을 시작했다는 생각도 좀 들고요."

"저희도 제호 씨에 비해 그렇게 많이 알고 그런 건 아녜요. 대신에 스터디를 하면서 서로 멘탈도 케어할 수 있고, 본인이 모르는 정보나 관점에서의 분석을 들을 수 있다는 데 의의가 있죠. 아 그리고 이거 때문에라도 매주 주식 공부를 하는 것도 장점이네요. 앞으로 같이 잘 해봐요."

그 후로 나는 매주 스터디에 참석했다. 나도 나름대로 열심히 공부해서 발표했고, 사람들도 내 발표에 성심성의껏 피드백해주었다. 스터디 시간에는 매우 열성적으로 참여하고 뒤풀이 자리에서는 술을 마시면서 신나게 노는 사람들이 대부분이었다. 나도 술 마시고 노는 걸 좋아하다 보니 스터디 사람들과 쉽게 친해질 수 있었다. 심지어는 몇몇 사람의 집에 초대받아서 다 같이 놀러 가기도 할 정도였다.

스터디 사람들과 즐겁게 지내던 어느 날, 문득 그들과 친해진 이유가 뭔지를 곰곰이 생각해보았다. 스터디에서는 주식이라는 공통된 화제도 있고, 다들 어떤 얘기를 하든지 서로 호들갑을 떨며 반응해주어서 쉽게 친해진 것도 있었다. 하지만 가장 큰 이유는 스터디 사람들을 대하는 내 태도가 그동안의 다른 모임들에서와는 달랐다는 것이다. 그때까지는 어느 모임에 가든, 날을 세우고 경계하느라 사람들과 친해지기는커녕 대화조차도 쉽지 않았다. 하지만 스터디에서는 좋으나 싫으나 주제를 가지고 말을 해야 했고, 사람들과 대화를 나눠야 했다. 그러다 보니 자연스레 경계심이 풀어지고 사람들과도 친하게 지낼 수 있었다.

그제야 지금까지 사람들하고 친하게 지내지 못한 것은 그저 내 인상이 날카로워서뿐만이 아니라, 내가 낯선 사람들에게 편견을 가지고, 마냥 경계했기 때문이라는 것을 알았다.

그날 이후 나는 낯선 사람을 만나거나 새로운 모임에 참석할 때 예전보다는 조금 더 마음을 열고 사람들에게 다가간다. 물론 나와 맞지 않거나 질이 좋지 않은 사람을 만나기도 했지만, 그렇다고 해서 좋은 사람을 만나는 기회를 놓치고 싶진 않기 때문에 예전처럼 경계하지는 않는다.

동네 친구 모임도 주식 스터디도 30년 넘게 살아온 인생에 비하면 매우 짧은 기간 참석했을 뿐이다. 하지만 그 짧은 기간에 너무나도 다양한 사람을 만난 덕분에 내 생각은 많이 바뀌었다. 회사에 매달려서 살았던 나 자신을 다시 돌아보았다. 회사를 그만두면, 혹은 회사에서 안 좋은 평판을 얻거나 일을 못 하게 되면 마치 죽기라도 할 것처럼 살아왔다. 그러다 보니 자연스레 성격도 나빠지고 사람들과의 다툼도 잦았다. 하지만 세상에는 이처럼 다양한 사람, 다양한 일이 있다는 것을 느꼈다. 그래서 그동안 너무 여유 없이 살았다는 것도 깨달았다. 그 덕분에 휴직 전에는 너덜너덜했던 내 마음이 복직 시점에는 온전히 회복될 수 있었다.

몇 년이 지난 요즘에도 회사 일이 힘들 때마다 저 당시 만났던 사람들을 떠올린다. 그리고 그때 그 사람들을 생각하며 나 자신을 이렇게 위로한다.

'사람도 일도 그까짓 거 일단 부딪혀보지 뭐. 막상 부딪혀보면 좋을 수도 있잖아? 아니면 그때 가서 그만두면 되지 뭐. 너무 힘들게 열심히 하지는 말자. 세상은 회사보다 넓으니까.'

회사와도 거리두기가 필요합니다

"김제호 대리님 맞으시죠?"

"아… 네, 맞긴 한데요, 누구시죠?"

"아, 안녕하세요, 저는 마음건강센터 ○○○라고 합니다."

갑작스럽게 걸려 온 전화였다. 분명 예전에 회사 내 마음건강센터에서 상담받은 적은 있었다. 약 1년여에 걸쳐서 상담받았지만, 그다지 도움이 되지 않아 1년 전에 그만두었다. 그 후 휴직을 신청하려는 찰나, 센터에서 전화가 온 것이다. 나는 당혹해하며 말을 이었다.

"어… 근데 저는 센터에 뭔가를 신청한 적은 없는데… 무슨 일로 전화를 주신 건가요?"

"다름이 아니라, 제호 대리님 얼마 전에 건강검진 받으셨죠?"

"네, 맞습니다."

"그 건강검진에서 정서적으로 매우 불안정한 것으로 나와서요. 마음 건강이 일정 수치 이하로 나오면 별도로 신청하시지 않았더라도 센터에서 상담을 진행하게 되어 있습니다."

얼마 전 건강검진에서 스트레스 지수가 극도로 높은 수치가 나오긴 했다. 당연히 몸도 마음도 지쳐서 휴직하려던 시기니 좋게 나올 리가 만무했다. 하지만 그 결과를 보고 사내 마음건강센터에서 연락이 올 줄은 상상도 못 했다. 건강검진 전에 해당 내용을 회사에 제공한다는 동의서에 서명한 것이 이렇게 쓰인다는 것을 처음 알았다.

프로젝트에 투입된 입장이었기 때문에, 본사에 있는 마음건강센터에 방문해서 상담을 받을 수는 없었다. 따라서 상담사가 나를 찾아와서 상담하기로 일정을 잡았다. 전화 통화 일주일 후, 프로젝트가 진행 중인 건물 2층의 방문객 회의실에서 상담 시간을 가졌다. 처음에 간단하게 인사를 하고 어색하게 자리에 앉았다. 날이 더워서 나도 상담사도 조금씩 땀을 흘렸다. 상담사는 가방에서 손수건을 꺼내 머리에 흐르는 땀을 닦으며 입을 열었다.

"제가 여기 프로젝트 담당 상담사라서요, 종종 오기는 하는데, 오늘처럼 더운 날은 처음이네요."

"그럼 이 프로젝트 소속이신 분들은 다 ○○○상담사님한테 상담을 받는 건가요?"

"네, 다 저한테 상담받으세요. 근데 이 프로젝트가 엄청 힘든가 봐요. 제가 다른 곳도 같이 담당하고 있는데, 이 프로젝트에 상담 대상으로 분류되신 분들이 다른 곳보다 월등히 많더라고요. 제호 대리님도 아주 힘드시겠어요."

곧이어 상담사는 요즘 어떤 고민이 있고 어떤 힘든 점이 있는지 물어보았다. 내가 처한 상황을 상세하게 설명했다. 1년 넘게 수면장애와 불안장애로 약에 의존하지 않으면 생활이 힘들다, 주에 70시간씩이나 일할 정도로 일이 너무 고되다, 그런데도 지금 하는 일이 좋거나, 비전이 보이거나, 발전 가능성이 있어 보이거나 하지는 않는다, 부서에도 여러번 건의를 해봤지만 우리 팀 특성상 나아질 가능성이 별로 없다, 여자친구와 헤어진 지 얼마 안 되었고 집값은 하늘 높은 줄 모르고 치솟는데 이렇게 한 푼, 두 푼 모아서는 아이를 키우기는커녕 나중에 결혼이나 할 수 있을지 걱정된다 등 매우 많은 고민을 쏟아내었다. 그 와중에 이전의 실패한 상담이 떠올라서, 과연 이렇게 총체적 난국인 내 상황에 상담이 도움이 되기는 할지 의구심이 들었지만, 입 밖으로 내진 않았다.

내 얘기가 끝나자 상담사가 말했다.

"어휴, 그 정도면 그동안 너무 많이 힘드셨겠어요. 따로 스트레스를 푸시는 방법이나, 취미생활 같은 거 있으실까요?"

"취미생활은 현재는 전혀 하는 게 없고요, 저녁 시간에 운동 조금 하는 거, 퇴근길에 술이랑 안주를 사 들고 가서 혼자 마시고 자는 것 정도는 하고 있습니다."

"운동하시는 건 매우 좋은데, 혼자 술을 드신다고요? 어느 정도 드시는 거예요? 맥주 한 캔씩?"

"…아뇨. 하루에 소주 한 병씩이요."

상담사의 표정이 급격히 굳었다. 상담사가 아니라 누구라도 매일 소주 한 병씩 먹는다는 얘기를 들으면 심각하게 받아들일 것이다. 잠시 생각하던 상담사가 나에게 물었다.

"술을… 드시는 이유가 뭘까요?"

"딱히… 술을 마시면 잠을 잘 못 잔다고는 하는데, 어차피 이미 수면장애가 심해서 약 없이는 제대로 자지도 못하고, 스트레스를 풀려고 해도 뭔가를 해볼 시간이 없으니까요. 그나마 제일 쉽고 편한 방법이라?"

"음, 그러면 앞으로 어떻게 할지 같이 한번 생각해볼까요?"

"아, 근데 저 어차피 곧 휴직할 예정이라서요."

이것까지는 전혀 예상하지 못했는지, 내 말을 받아 적던 상담사가 깜짝 놀라서 나를 쳐다보았다.

"휴직이요? 어떤 이유로 휴직하시는지 여쭤봐도 될까요?"

"지금 말씀드린 그런 이유로요. 결정적인 건 아무래도 수면장애죠. 입원까지 했었기 때문에 이제는 안 되겠다 싶어요. 이미 그룹장님하고는 면담까지 했고, 신청만 하면 바로 휴직할 수 있을 것 같아요."

"그럼, 휴직 후 계획은 쭉 쉬고 치료에 전념하시는 건가요?"

"음, 일단은 그렇고요, 그래도 시간이 많이 남을 것 같은데 그건 어떻게 할지 아직 못 정했어요."

그리고 내가 다시 물었다.

"아, 그럼, 상담은 어떻게 되나요? 여기서 끝내면 될까요?"

그러자 예상하지 못한 답변이 돌아왔다.

"아뇨, 휴직하셔도 상담은 계속하셔야 하고요. 서로 시간 맞춰서 제가 제호 대리님 사시는 동네로 갈 거예요. 아마 조용한 카페 같은 데서 상담을 진행하면 될 것 같아요."

내심 상담을 집어치우고 싶었던 나는 꽤 난감한 상황에 부닥치게 되었다. 어찌 됐든 상담은 상담사가 그만 받아도 좋다고 허락하기 전까지는 주기적으로 받아야 했기 때문에, 굳이 오겠다는 사람을 거절할 수도 없었다. 그렇게 그다음 상담은 휴직 후에 진행하기로 하며 첫 상담이 끝났다.

그리고 얼마 안 있어서 나는 휴직했다. 나름 주변 정리도 하고 회복도 하며 휴직 첫 주 차를 보냈다. 그리고 둘째 주 월요일에 상담사에게서 연락이 왔다. 주중에 가능한 시간을 얘기해주면 시간에 맞춰서 방문하겠다는 내용이었다. 쇠뿔도 단김에 빼겸 바로 다음 날인 화요일로 상담 예약을 잡았다. 이왕 이렇게 된 거 제대로 상담받고 얼른 마무리하고 싶었다. 그렇게 다음 날, 두 번째 상담을 했다.

"제호 대리님, 잘 지내셨어요? 요새는 좀 어떠세요? 잠은 좀 주무시고요?"

"네, 지금은 어느 정도는 잘 자게 됐어요. 휴직하고 나니까 생각보다 시간이 많이 남아서 요새는 영어 학원을 다녀요."

"정말 잘됐네요, 그러면 오늘도 상담을 계속 진행해볼까요?

요즘도 계속 고민이 많고 힘드신가요?"

"네, 여전히 그렇죠."

"그래요? 그럼 우리 아직 갈 길이 머네요. 요새 가장 큰 고민이 뭔지 얘기해보실래요?"

상담사의 질문에 따라 고민을 털어놓으며 두 번째 상담을 약 한 시간에 걸쳐서 했다. 상담이라기보다는 고민을 털어놓는 하소연의 장에 더 가까웠다. 상담사가 현실적인 해결책을 제시해주진 않았지만, 그래도 상담사에게 속마음을 털어놓는 것만으로도 마음의 위로가 되었다. 휴직 기간 동안 매주 화요일 저녁 5시에는 역 앞 카페에서 상담사를 만나 꾸준히 상담받기로 했다. 하지만 상담이 계속 진행돼도, 내 마음의 상태는 차도를 보이지 않았다. 그렇게 몇 번 더 상담을 진행하던 중, 어느 상담을 기점으로 마음에 변화가 생겼다.

대략 일고여덟 번째 상담 즈음이었다. 그날도 이전과 같은 방식으로 상담이 진행되었다. 고민과 걱정거리를 토로하면 상담사가 들어주고, 약간의 심리적 해결책을 제시해주는. 그렇게 상담이 끝나갈 무렵 상담사가 말했다.

"제호 대리님은 아무리 봐도 많이 감성적인 사람인 것 같아요. 겉으로는 꽤 냉정해 보이는데, 속마음을 들어보면 엄청 깊게 생각하고 영화나 노래 등 여러 가지 매체를 통해서 감동도 많이 받는 편이네요."

"네, 제가 생각해도 좀 그런 것 같아요. 근데 그러다 보니까 생각이 많아지고, 서정적인 노래 같은 거 들으면 우울해지고 그래요."

"노래만 들어도 우울해지나요?"

"어느 정도는요. 저는 되게 감정이입을 잘하는 편이거든요. 그래서 너무 슬프거나 답답한 영화, 드라마는 못 봐요. 보는 동안 감정이입을 심하게 해서 힘들거든요. 아, 너무 억울한 내용을 봐도 그래요. 그래서 '그것이 알고 싶다' 같은 사회고발 프로그램도 보기 힘들어요."

"제호 대리님은 감정적으로 매우 몰입을 잘 하는 편이네요. 그럼, 사람들과도 심리적으로 거리를 둬보면 어떨까요? 의식적으로요."

순간 정신이 번뜩이는 느낌이었다. 감정이입이 너무 잘 되어서 힘들다는 것은 전부터 잘 알았다. 하지만 이를 막기 위해 심리적으로 거리를 두는 것은 전혀 생각해보지 않았다.

"심리적으로 거리를 둬보라고요?"

"네, 지금 제호 대리님은 본인이 심적으로 힘들까 봐 의식적으로 그런 드라마나 영화, 노래는 피하시잖아요. 회사에서나 사람들과의 관계에서도 그런 식으로 거리를 좀 둬보시면 어떨까요? 아예 피하라는 얘기가 아니라 심리적으로만요. 조금만."

"…한번 해볼게요."

그렇게 그날의 상담은 마무리되었다. 그리고 나는 상담사의 조언에 따라 휴직 기간에 심리적으로 거리 두는 연습을 했다. 사람들에게 우울한 얘기를 들으면 나도 모르게 같이 우울해지려 했지만, 그럴 때마다 상담사의 말을 떠올리며 스스로를 다독였다. 그리고 어떻게 하면 심리적으로 거리를 적절히 둘 수 있을지 나만의 방법을 이것저것 고민해보았다. 그렇게 시간이 지나 회사에 복직했을 무렵, 연습한 것을 회사생활에 적용해보았다.

우선 첫 번째로 주변 사람이 힘들거나 화가 나는 얘기를 하면 잘 들어주되, 너무 이입돼서 힘들어질 땐, 얘기를 잠시 끊는 방법을 사용해보았다. 화장실을 다녀온다거나, 잠시 메신저를 확인한다거나 하는 방식으로. 그러자 놀랍게도 효과가 있었다. 마음을 가다듬고 상대의 이야기에 너무 몰입하지 않다 보니, 심리적 피로가 줄어들었고, 상대의 이야기를 오히려 더 잘 들어줄 수 있었다.

두 번째로는 회사에서의 일상과 퇴근 후 일상 사이의 간극을 넓히려고 노력했다. 그전에는 퇴근해서도 오늘 해결하지 못한 문제를 떠올리거나 다음 날 할 업무를 시뮬레이션하는 등, 일과 사생활을 분리하지 못했다. 하지만 복직 후에는 아예 퇴근하는 순간 머리를 셧다운해버렸다. 조금이라도 회사가 떠오르려 하면 억지로라도 주의를 딴 곳으로 돌렸다. 웃긴 유튜브를 보거나, 게임을 하는 방식으로. 그러자 화와 짜증이 점점 줄었다.

그전에는 머릿속이 늘 일로 가득 차 있었다. 퇴근 후에 업무 전화가 와도 꼬박꼬박 받았고 이에 따라 스트레스를 많이 받았다. 심지어 이 스트레스는 회사에서 사람들에게 화를 내거나 짜증을 내는 방식으로 분출되기까지 했다. 하지만 일부러 간극을 넓히자, 퇴근 후에 머리가 충분히 쉴 수 있었고, 상당량의 스트레스가 줄었다. 회사에서도 한 발자국 떨어져서 일을 살펴볼 여유가 생겼다. 그러자 사람들과의 마찰도 급격하게 줄었다.

그렇게 나는 어느덧 몸도 마음도 건강해졌다. 물론 몸이 건강해진 게 마음의 건강함에도 큰 영향을 주었겠지만, 휴직 기간에 꾸준히 한 상담의 역할도 컸다. 특히 심리적으로 거리를 두라는 조언이 나에게는 신의 한 수였다. 그 덕에 복직 후 상담은 아주 밝고 화기애애한 분위기로 진행되었고, 상담사가 더 이상 상담이 필요 없다는 판단을 내렸다. 그렇게 상담이 종료되었다.

요즘은 코로나 시대로 인해 사회적 거리두기라는 말이 낯설지 않다. 사회적 거리두기는 감염 관리 방법 중 하나로, 감염된 사람과 감염되지 않은 사람 사이의 접촉 가능성을 감소시켜 질병의 전파를 늦추고, 궁극적으로 사망률을 최소화하는 것을 목표로 한다. 결국 질병의 전염을 최대한 막기 위한 정책인 셈이다. 사람의 마음이나 감정도 때로는 마치 질병처럼 전염되어 서로를 힘들게 한다. 그럴 때는 내 마음을 보호하기 위해 사회적 거리두기가 아닌 심리적 거리두기를 해보면 어떨까 싶다. 의외로 내 경우처럼 큰 도움이 될지도 모르니 말이다.

힘들어진 건 내 탓이 아니지만, 지금 힘든 건 내 탓일 수 있다

제목을 보자마자 '아니, 내가 힘들게 살고 싶다고 한 것도 아닌데 그게 왜 내 탓이야?'라고 하는 사람도 있을 것 같다. 그 생각에 백번 공감한다. 나도 그렇게 생각했으니까. 하지만 다음에 나오는 두 사람 얘기를 들어보면 생각이 바뀔 수도 있다.

A 대리는 늘 최선을 다해 일했다. 무언가를 배우기 시작하면 파고들어 끝장을 보는 성격이었다. 일에서도 언제나 완벽을 추구했다. 문서를 만들든, 실무를 하든, 하다못해 회의를 해도 철저하게 준비해서 머릿속으로 시뮬레이션까지 한 다음 참석했다. 늘 자신에게 기회가 오기를 기다리면서 만반의 준비를 했다. 그래서인지 A는 업무량이 유독 많았다. 물론 일이 많은 것도 사실이다. 하지만 일을 너무 완벽하게 잘 해내려다 보니 남들을 믿지 못하고 일을 전부 직접 하려고 하는 성향 탓도 있었다. 그러다 보니 야근과 주말 출근은 일쑤고, 점심시간에도 밥을 거르고 일하는 경우가 다반사였다. 늘 밤늦게까지 남아서 일하다 보니,

다른 부서 사람들도 밤늦게 A에게 도움을 요청하는 데 거리낌이 없었다. 늦은 시간임에도 A는 최대한 열심히 도움을 주었다. 그러다 보니 몸은 점점 안 좋아지고, 일의 품질도 점점 떨어졌다. 하지만 A는 오히려 자신을 더 채찍질하며 일했다. 일을 완벽하게 수행하기 위해서라면 사람들과 싸우는 일도 마다하지 않았다. A와 사람들 간에 의견 차이가 있을 때 누가 옳은지 명확하게 구분되는 일이 아니면, A는 무조건 자신의 주장을 앞세우며 추진해나갔다. 얼마 지나지 않아 A는 결국 건강을 해치고선 업무에서 물러날 수밖에 없었다. 사람들과 다툼이 잦았던 탓에 사람들은 A를 동정하기보다는 오히려 뒤에서 욕을 했다.

B 대리는 늘 적당히 일했다. 일에 대한 자신만의 계획이 머릿속에 있지만, 옆에서 누가 끼어들어도 크게 개의치 않았다. 끼어든 사람이 제시한 방법과 자신의 방법이 큰 차이 없는 결과를 낸다면, 그냥 끼어든 사람이 제시한 방법에 따라 일했다. 하지만 결정적인 순간이나 옆에서 제시한 방법이 틀렸을 때는 자기주장을 밀고 나가기는 했다. 가끔은 B에게도 A만큼 일이 몰렸다. 그러면 B는 그 업무량의 과중함을 어필하는 데 거리낌이 없었다. 업무량이 너무 많아서 힘들다고 하는 건 물론이오, 아예 상사에게 자기 일을 도와줄 사람을 붙여달라고 요구하기도 했다. 심지어는 상사에게 도움을 요청해서 B 대리의 상사가 B 대리의 일을 돕느라 야근할 때도 있었다. B는 야근이나 주말 출근도 되도록 하지 않았다. 납기까지 여유가 있는 일이라면 조금 미뤄놓기도

했다. A처럼 가끔 다른 부서에서 밤에 연락해 오기도 했다. 하지만 다른 부서 사람들은 A에게 연락할 때와 다르게 밤늦게 연락한 것을 굉장히 미안해하며 도움을 요청했다. 퇴근 후에는 보통 운동과 취미생활을 즐겼다. 가끔은 사람들과 술자리를 가지면서 놀기도 했다. 그러다 보니 B는 늘 활력이 넘쳤고, 사람들과의 관계도 돈독했다.

A와 B는 같은 업무를 하는 사람들이라 사실 맡은 업무량이 그렇게 크게 차이 나지 않았다. 그런데도 A와 B의 행보와 평가는 전혀 반대였다. B가 실질적으로 A보다는 일을 적게 했고, A만큼 일을 잘해내지는 못했음에도, 주변 사람들과 상사들은 B를 더 좋게 평가했다.

아마 눈치 빠른 사람이라면 이미 알아챘겠지만 사실 A와 B는 같은 사람이다. 그리고 둘 다 내 얘기이다. 실제로 나는 꽤 오랜 시간을 A처럼 생활하며 보냈다. 그래서 능력은 좋지만 인성은 안 좋은 사람으로 소문이 났다. 부서 내에서 싸움을 많이 하기로 유명한 선배조차도 사람들에게 “제호? 걔 나보다 더한 놈이야”라고 할 정도였다. 결국 나는 몸도 마음도 상해서 한동안 회사를 떠나 있을 수밖에 없었다. 그리고 다시 회사로 돌아왔을 때 나는 B처럼 살기 시작했다. ‘에라 모르겠다. 나중에 하지 뭐’라고 생각하기도 하고, ‘아니 뭐, 쟤는 그렇게 생각할 수도 있겠지’라고 생각하며 최대한 여유를 갖고 유유자적하게 생활하는 데 집중했다. 주변 사람들과의 관계 회복을 위해서라기보다는 오히려 내 마음을 보호하려는 조치였다.

시간이 지날수록 주변 사람들과의 관계도 점점 좋아졌다. 오히려 일은 전보다 덜 하는데도 사람들은 열심히 한다며 칭찬해주기도 했고, 다른 부서와 일할 때도 일단 같이 밥 먹고 커피 마시고 술부터 마셨다. 그러면서 좋은 게 좋은 거라는 마음가짐으로 적당히 맞춰주면서 일하니 업무가 오히려 수월하게 진행되었다.

그러다 보니 가끔 소위 말하는 '현자 타임'이 오기도 했다. 그렇게 열심히 하고 완벽하게 하려고 할 때는 평가가 좋지 않았다가, 어깨 힘 빼고 그냥 적당히 해야겠다고 마음을 먹자 오히려 평가가 좋아졌으니 말이다. 심지어 이런 얘기를 듣기도 했다.

"제호 너는, 옛날에는 진짜 무슨 다 죽여버릴 것처럼 날카로웠는데, 요새 좀 둥글둥글해지긴 했어. 물론 그래도 좀 가끔 날카롭지만."

"아, 그래요? 일을 대충 해서 그런가?"

"야 인마, 일은 그래도 열심히 해야지. 그래도 옛날보단 보기가 좋네."

그전에는 내가 힘든 게 온전히 회사나 부서 혹은 상사 때문이라고 생각했다. 물론 이것도 어느 정도 맞는 말이다. 위에서 업무를 제대로 배분하지 않았기 때문에 업무량이 과도하게 몰려서 힘들었을 수도 있다. 위에서는 내 업무를 제대로 평가해주지 않고 주변 사람들의 말만 듣고 박하게 평가해서 힘들었을 수도 있다. 이처럼 힘든 상황에 부닥치는 것은 내가 아니라 남들이나 주변 환경 때문일 가능성도 크다. 하지만 그런 상황에 처했을 때 내 태도와 마음가짐에 따라 어느 정도는 상황을 바꿀 수 있다는 것을 알았다. 힘들 땐 힘들다고 말하고, 옆에 도움을 요청하기도 하며, 야근과 주말 출근 대신에 나 자신을 돌볼 시간을 갖는 것이 도움이 많이 된다는 것도 알았다. 재밌게도, 그렇게 행동한다고 해서 내 평가가 생각만큼 떨어지지는 않았다. 도움을 요청하면, '재는 저런 것도 자기가 알아서 못 하고'라고 욕을 하는 사람도 있기야 했겠지만, 자기 일처럼 도와주는 사람도 있었고, 일 배분을 다시 해주는 상사도 있었다.

그 덕에 늦게나마 알게 되었다. 힘든 일은 남들 혹은 주변 환경 때문에 시작될 수 있지만, 그 상황이 지속되는 건 내가 스스로를 계속 힘들게 해서 그럴 수도 있다는 것을.

휴식이 왜 중요한지 쉬어보니 알겠네

나는 취미가 매우 많았고, 지금도 많다. 일단은 술 마시는 것을 좋아한다. 술자리를 좋아하기도 하지만 술 그 자체도 즐긴다. 술이라면 소주, 맥주, 와인, 위스키, 코냑 등 가리는 법이 없다. 게임도 좋아한다. 금요일 저녁에 전자상가에 가 게임 CD를 사서, 주말 내내 게임하기도 한다. 휴대폰으로는 레이싱 게임이나 퍼즐 게임을 즐겨 한다. 또 책도 좋아한다. 소설이나 인문학 서적을 즐겨 읽는 편이며, 때로는 과학 서적이나 시집을 사서 읽기도 한다. 엄선한 책을 하나하나 분류해서 책장에 가지런히 정리해놓는 것도 매우 좋아한다. 이 외에도 영화, 드라마, 만화책을 즐겨 보고, 노래나 작곡을 배우러 다니기도 하며, 크로스핏이나 헬스장, 때로는 필라테스를 다니기도 한다. 이처럼 남들에게 감히 취미가 많다고 말할 수 있을 정도로 다양한 활동을 하는 편이다.

그런데 가끔 스스로 이런 질문을 던질 때가 있다. '이런 활동들로 스트레스가 풀리는가?' 질문에 대해 깊이 생각해보고 내린 결론은 항상 '아니오'였다. 취미활동은 나에게 많은 즐거움을 주고 생활에 활력을 불어넣어 주지만, 그렇다고 해서 낮에 있었던 상사와의 갈등이나, 내일 해야 하는 과도한 업무가 사라지진 않기 때문이다. 취미는 취미일 뿐이고 스트레스는 여전히 스트레스일 뿐이었다.

그래서 만나는 사람마다 '당신의 취미나 스트레스 해소법은 무엇인가요?'라고 물어보았다. 그러면 바로 대답하는 사람도 있고, 한참 생각하는 사람도 있었다. 사람들이 답을 하면, 그다음에 나는 이렇게 물어보았다.

"그럼 그런 걸로 스트레스가 풀려요? 회사에서 욕먹고 싸우고 했던 것들이 그 해소법으로 싹 잊히나요? 그 스트레스가 상쇄되나요?"

하지만 이런 질문에 속 시원히 대답해주는 사람은 없었다. 그저 난감한 표정으로 "글쎄…"라고 할 뿐이었다.

회사에서 마음건강센터를 통해 상담을 두 번 받았다. 두 번째는 앞서 얘기한 것처럼 휴직 직전 건강검진 결과 때문에 타의로 시작했다. 반면 첫 번째는 내가 직접 방문해서 이루어졌다. 그 첫 번째 상담을 받을 때도 나는 저러한 의문을 가지고 있었다. 그런데 그때는 상담사가 오히려 나에게 질문을 던졌다.

"제호 대리님은 스트레스 해소를 어떤 식으로 하시나요?"

"스트레스 해소요? 딱히 뭐…."

그러자 상담사가 다시 물었다.

"그럼 퇴근 후나 주말에는 주로 시간을 어떻게 보내세요?"

"뭐, 사람들 만나서 술 마시거나, 게임을 하거나, 드라마, 영화도 보고 그러는 편이죠."

"그럼 그런 것들로는 스트레스 해소가 잘 안 되시나요?"

"해소는… 잘 안 되는 것 같아요. 그냥 저건 취미고, 스트레스는 스트레스라 딱히 해소되지는 않네요."

대답을 들은 상담사는 알겠다는 듯이 고개를 끄덕였다. 그 후로 몇 번의 상담이 진행되는 동안, 상담사는 종종 스트레스 해소법을 물어보는 대신 주말에는 무엇을 할 계획인지 물어보았다. 나로서는 상담사의 의도를 알 수 없었기에, 그저 내 주말 일정을 나름 상세히 얘기했다.

"…해서, 이번 주 토요일에는 옷을 사러 갔다가 친구랑 만나서 점심 먹고, 저녁에는 게임하면서 보낼 거고요, 일요일에는 아침에 대청소하고 점심에는 카레 만들고 오후에는 영화 보러 갔다가 저녁에는 만화책 보면서 잠깐 쉬려고요."

"제호 대리님은 휴일인데도 매우 많은 일을 하시네요? 그러시는 이유가 있나요?"

"모처럼 쉬는 날인데 그냥 아무 생각 없이 보내면 시간이 아까워서요. 기회가 있을 때 열심히 다 해둬야죠."

그러자 상담사는 의아하다는 듯이 되물었다.

"아무 생각 없이 보내면 안 되는 건가요?"

그 질문을 들은 나는 머리를 한 대 얻어맞은 것 같았다. 그동안 시간을 낭비하면 안 된다는 막연한 생각에 바쁜 휴일을 보내왔다. '시간을 낭비해도 되지 않을까' 하는 생각 같은 건 떠올려본 적도 없었다. 내 생각을 읽은 듯 상담사가 말을 이어나갔다.

"아무 생각 없이 멍때리면서 보내는 휴일도 분명히 제호 대리님의 신체적, 정신적 회복에는 중요한 부분이 될 수 있지 않을까요?"

"하지만 아무것도 하지 않으면 너무 불안해서 견딜 수가 없어요."

"그럼 뭔가를 하되, 반쯤 머리를 쉬게 할 만한 거로 해보는 건 어때요? 등산 같은 거요. 등산은 너무 힘들 수도 있으니까, 산책 같은 것은 어떨까요?"

"산책이요?"

"네, 산책이요. 대신에 노래를 듣거나 휴대폰을 만지지는 말고, 그냥 주변 둘러보면서 걷기만 하는 걸로요. 주말에 30분 정도만요."

"…30분 정도라면 한번 해볼게요."

말은 그렇게 했지만 그 주말에도 바쁘게 보냈다. 하지만 일요일 저녁 무렵에는 만화책을 보는 대신 큰맘 먹고 밖으로 나가서 걸었다. 자연히 신경은 주머니 속의 휴대폰으로 향했다. 휴대폰을 꺼내고 싶었지만 그래도 꾹 참고 걸으며 억지로 30분을 채웠다.

그리고 그다음 상담 시간이 되었다.

"어땠어요, 산책?"

"재미없었어요. 그리고 생각보다 휴대폰을 안 보고 걸으니까 시간이 잘 안 가더라고요."

"그렇죠, 아무래도 그랬을 것 같아요. 하지만 괜찮다면 주말마다 한번 꾸준히 해볼래요? 30분만이라도."

"한번 해볼게요."

그렇게 매주 일요일 저녁에 30분씩 산책을 시작했다. 하지만 안타깝게도 이 30분의 산책이 큰 도움이 되지는 않았다.

시간이 지나서 약 1년 후 이 상담은 별 효과 없이 끝났다. 그리고 몇 년 뒤까지도 몸과 마음이 계속 회복되지 않았기에, 휴직에 들어갔다.

휴직하고 나니 시간이 많이 남아돌아서 주말에는 할 일이 도통 없었다. 덕분에 다른 때보다 사색하거나 과거를 떠올리는 일이 많아졌다. 자연스레 상담사가 산책을 권했던 것이 떠올랐다. 그리고 "아무 생각 없이 보내면 안 되는 건가요?"라고 질문했던 것도 떠올랐다. 어차피 시간도 많으니, 이왕 떠오른 거 그 말대로 한번 주말을 생각 없이 보내보기로 했다.

처음에는 아무 생각 없이 보낸다는 게 힘들었다. 어떻게 해서든 머리는 자극적인 것을 원했기 때문에 나도 모르게 게임을 켜기 일쑤였고, 그런 충동을 꾹 참으며 멍을 때리다 보면 어느 순간 잠들곤 했다. 그래서 결국에 이 방법은 포기하고 다른 방법을 찾아보았다. 아예 토요일까지는 집중해서 해야만 하는 일들을 처리하고, 일요일만 비교적 집중하지 않고 생각 없이도 할 수 있는 일들을 시간 여유를 충분히 갖고 해보기로 했다. 비교적 다른 생각을 하면서 움직이기 편할 것 같다는 이유에서 주로 설거지나 빨래, 청소 등의 집안일을 해보기로 했다. 그렇게 약 한 달 정도, 그러니까 총 네 번의 주말을 보냈다.

생각 외로 변화가 조금씩 느껴졌다. 한 주의 시작인 월요일에 활력이 넘쳤다. 물론 출근하지 않으니까 그렇다고 생각할 수도 있겠지만, 사실 휴직해서 쉬는 중에도 월요일만 되면 몸과 마음이 축축 처지기 일쑤였다. '남들은 출근해서 열심히 일하는데 나만 이러고 있어도 될까?' 하는 자괴감도 많이 몰려왔다. 하지만 일요일을 생각 없이 보내고 났더니 월요일에는 오히려 '이번 한 주는 어떻게 보내볼까?' 하는 생각과 함께 한 주에 대한 기대감이 솟아올랐다. 마치 일요일과 월요일의 경계에서 내가 리셋되는 기분이었다.

그 뒤로도 계속해서 토요일과 일요일에 할 일들을 잘 배분해서 시간을 보냈고, 그러한 생활 패턴에 아주 적응해버렸다. 복직 이후에도 저 루틴을 계속 지키려고 애썼다. 아예 한술 더 떠서 토요일에는 회사 가는 시간에 일어나 온종일 해야 할 일들을 처리하고, 일요일에는 늦잠을 자고 일어나서 집 밖으로 나가지 않은 채 집에서 온종일을 보내곤 했다. 물론 때로는 일요일 저녁

잠자리에 들 때, 이렇게 하루를 허비했구나 하는 좋지 않은 생각이 들기도 했지만, 이것도 다 다음 한 주를 위해 필요한 일이라며 스스로를 다독거렸다.

시간이 지난 지금도 나는 주말에는 되도록 하루를 비워놓는다. 아무 생각도 하지 않기 위한 하루이다. 물론 때로는 회사 일이라든가 약속이라든가 여러 가지 변수로 인해서 지킬 수 없을 때도 있다. 그래도 계속해서 저 생활을 이어나가다 보니 이제는 일요일에 맘껏 머리를 쉬게 하고 충전하면, 월요일에 회사 사람들을 만나는 게 즐거울 때도 있다. 월요일이 즐겁다니 미친 거 아닌가 싶기는 하겠지만, 정말로 그럴 때가 있다. 여기에는 '아무 생각 없이 보내는 일요일'의 도움이 컸다고 할 수 있다.

요즘도 가끔 첫 번째 상담사의 말이 떠오른다. "아무 생각 없이 보내면 안 되는 건가요?" 그리고 이제는 답할 수 있을 것 같다. "아무 생각 없이 보내는 게 꼭 필요한 일이더라구요."

epilogue

돌고 돌아 이제는 내가 그 자리에

"과장 달기 전에 나가고 만다."

내가 사원, 대리 때 입에 달고 살던 말이다. 하지만 그 결심이 무색하게도, 나가기는커녕 이제 나는 과장이 되어버렸다. 저 말을 달고 살았던 과거의 나를 떠올리면, 내가 과장이 되었다는 사실에 쓴웃음마저 나온다.

과장이 된 것이 실감 나지는 않는다. '갓 들어온 신입사원일 때는 과장이라는 존재가 너무 멀게만 느껴졌는데, 이제 내가 과장이라니. 나름 회사생활 오래 했구나.' 정도의 감흥만 있다. 이제 회사 내에 직급으로 호칭하는 문화가 사라져 나를 김 과장이라고 부르는 사람이 없어서 더 그런지도 모르겠다.

돌이켜보면, 과장이 될 때까지 주변 사람들에게 많은 변화가 있었다. 퇴사하고 사업을 시작한 동기도 있고, 그사이 결혼해서 2세를 가진 동기도 생겼다. 더 좋은 곳으로 이직한 선·후배도 있고, 승진해서 부서장이나 임원이 된 선배도 있다. 하지만 나는 퇴사도, 이직도, 결혼도 못 하고 그저 그 자리를 묵묵히 지키고만 있었다. 그러다 보니, 다들 계속 변화하는데 나만 제자리에 정체된 것 같아서 늘 불안했다.

하지만 과장이 되고 나니 내가 어떻게 생각하든지, 주변의 기대와 시선은 변화된 직급에 맞춰 바뀌었다. 이제는 과장이 되었으니 주어진 일을 하기만 하는 것이 아니라 새로운 일을 찾아와야 한다는 압박도 조금씩 들어온다. 대리 때와는 다르게 이제 더 많은 책임을 져야 하기에, 일할 때도 더 신중해졌다. 말 하나 하나에 실리는 무게도 다르기에, 말할 때도 더 조심한다. 이처럼 과장이 되자 자의로든 타의로든 많은 것이 변화한 덕분에 적어도 회사 내에서는 그동안 정체되었던 것이 아니라 더 멀리 뛰기 위해 힘을 모은 것이라고 스스로 위로할 수 있게 되었다.

과장이 된 지금, 앞으로도 갈 길은 멀어 보인다. 사원, 대리 때보다 더 험난할 것으로 예상되는 차장, 부장 생활이 남아 있으니까 말이다. 아마 끼어있던 대리 때와는 많은 것들이 다를 것이다. 어쩌면 다른 회사로 이직할 수도 있고, 아예 회사를 떠나 지금까지와는 다른 길로 가게 될지도 모른다. 하지만 사원, 대리 생활을 묵묵히 잘 견뎌온 나이기에 어떤 길로 가든 잘 헤쳐나갈 수 있을 것이다.

마지막으로 이 책을 읽어준 당신에게 이렇게 얘기하고 싶다. 당신이 만약 지금 정체되어 있다고 느낀다면, 사실 정체된 것이 아니라 힘을 모으는 중인 거라고. 그리고 나처럼 지금까지 견뎌

오고 지금도 견디고 있는 당신은 나보다 더 잘해왔고, 지금도 더 잘하고 있고, 앞으로도 더 잘할 것이라 믿는다고.